남자친구 이리구

〈나답게 청소년 소설〉
남자친구 이리구

지은이 | 한영미
펴낸이 | 一庚 張少任
펴낸곳 | 돌샘 답게
초판 인쇄 | 2022년 8월 20일
초판 발행 | 2022년 8월 25일
등 록 | 1990년 2월 28일, 제 21-140호
주 소 | 04975 서울특별시 광진구 천호대로 698 진달래빌딩 502호
전 화 | (편집) 02)469-0464, 02)462-0464
         (영업) 02)463-0464, 02)498-0464
팩 스 | 02) 498-0463
홈페이지 | www.dapgae.co.kr
e-mail | dapgae@gmail.com, dapgae@korea.com
ISBN 978-89-7574-009-1
ⓒ 2022, 한영미

나답게·우리답게·책답게

한영미 청소년소설

남자
친구
이리구

도서
출판 **답게**

그때도 맞고 지금도 맞는 사랑을

'그때도 맞고 지금도 맞는 사랑을'이라고 쓰려다 끝에서 오타를 내고 말았다. '사랑'을 '사라ㅇㅇ'라고 쓴 것이다. 실은 머릿속으로는 사랑을 아는 사람이 있을까, 라는 의문을 떠올렸다. 그래서 그런지 사랑이라는 글자 하나도 제대로 쓰지 못하고 버벅거린 것 같다. 오타를 보고 있자니 내 속을 드러낸 것만 같아 계면쩍어졌다.

고백하건데 사랑을 모르겠다. 사랑은 어떻게 해야 하는 것인지, 사랑할 땐 무엇을 해야 하는지, 그리고 그것은 언제 왔다가 언제 떠나는 것인지, 우리 곁에 계속 있는 것인지, 아니면 한 번도 안 올 수도 있는 것인지. 완벽한 사랑이라고 생각했는데 어느 순간 불순해지고, 그때는 분명히 사랑이었는데 지금은 아니고…… 심지어는 사랑은 움직이는 거라며 변해버린 사랑을 합리화하는 사람도 있다.

소수아는 사랑이었는데 이리구는 사랑이 아니었다. 소수아는 자기 꽃밭에 꽃을 키우고 있었다. 꽃들은 한 장 한 장의 꽃잎으로 이루어져 있다. 꽃잎은 생각보다 얇고 여려서 스스로 또는 주변에서 돌보지 않으면 아름다운 꽃을 이뤄낼 수가 없다. 소중하게 가꿔가던 소수아의 꽃밭, 그 꽃밭에 이리구가 들어오기 시작하면서 꽃잎에 자국이 나버린다. 자국 난 꽃잎은 끝내 짓물러서 시들어버린다. 이리구가 꽃에 대하여 알았다면 그렇게 함부로 밟고 다니지 않았을 것이다. 이리구는 소수아의 꽃밭에 대하여 관심이 없었고, 그저 자기가 원하는 것만 취하고자 했다.

소수아의 사랑이 답답하다고 할지도 모르겠다. 나 역시 소수아가 성폭행을 인지하고 그에 합당한 행동을 하길 원한다. 자기 꿈을 위해 앞으로만 나아가면 얼마나 좋을까. 최소한 미혼모는 되지 말았으면, 하는 생각이 들면 더욱 안타깝다. 하지만 몸속에서 자라고 있는 생명 앞에서 갈등을 겪지 않을 여자가 있겠는가. 갈등이 시작된 지점에는 모성이 있다. 대부분의 여자들은 움튼 생명에 대해 희생을 감내할 준비가 되어 있고, 기꺼이 그걸 수행한다. 사실 임신과 출산의 과정은 생각보다 많이 불편하다. 자기 생활의 많은 부분을 제한하게 되고, 꽤 오랜 시간 구속 아닌 구속된 몸으로 살게 된다. 그러함에도 여자들은 남자와의 사랑을 주저하지 않으며, 또한 다가올 결과도 기쁨으로 받아들인다. 간혹 배신한 사랑의 씨앗에게도 모성을 느낀다. 고통을 기쁨으로 여기는 몇 안 되는 경우 중에 모성이 단연 으뜸이다.

이 아이러니 같은 사랑 앞에서 딜레마에 빠진 한 소녀의 삶을 소개하면서 조심스럽게 하고 싶은 말은 사랑은 인간적이어야 한다는 거다. 사람이 하는 행위 중에서 가장 인간성을 발휘해야 할 부분이 바로 사랑 행위다. 인간적인 사랑은 상식적인 인간관계를 밑바탕에 깔아야 한다는 뜻이다. 우선 나의 마음과 상대의 마음이 일치해야 하며, 내 마음에 불순함이 개입되었다면, 또는 상대를 불편하게 할지도 모른다는 생각이 들면 멈춰야 한다. 그리고 사랑에 대한 책임을 질 각오가 되었을 때 시작해야 한다는 점도 강조하고 싶다. 이리구와 같은 사람을 보는 것은 대단히 불편하다. 그는 마음과 몸이 따로 움직이는 사랑을 했다. 그래서 그런 절룩이는 삶을 사는 건 아닐까 싶다.

2022년 여름에
한영미

| 차례 |

5월 중간고사가 끝났다. 수아는 마지막 시험지를 내고 잠시 멍한 기분에 잠겼다. 허탈하기도 하고, 시원하기도 하고, 설레기도 했다. 시험이 끝나면 늘 그런 비슷한 기분에 빙긋 입가에 미소가 머물렀다. 달콤할 것까지는 아니지만 나른하고 편안한 이 느낌이 좋았다.

"수아야, 소수아! 얼굴에 시험 잘 봤다고 씌어 있다, 너."

쏘아 올리듯 높은 진이 목소리. 오늘은 특히 더 들떴다. 아니라고 말할 새도 없이 진이가 진짜 하고 싶은 말을 수아의 귀에 대고 속삭였다.

"가자. 우리가 먼저 가 있어야지. 리구 오빠를 기다리게 할 순 없잖아."

이리구는 진이가 짝사랑하는 선배다. 진이는 중학교 때부터 A고등학교 남신 이리구에 대한 소문을 들었다. A고등학교는 진이가 다니던 중학교의 바로 옆 학교라 진이도 이리구를 몇 번 본 적이 있었다. 이리구를 보기 위해 노력했다는 말이 더 맞을 것이다. A고등학교 등교 시간에 맞춰 교문 어름에서 이리구를 기다린 적도 많았다니까. 진이가 목격한 이리구는 과연 인기가 대단했다. 여학생들은 이리구 주변에서 가깝지도 멀지도 않게 몇 걸음 간격을 둔 채 걸었고, 눈으로는 열심히 이리구를 흘끔거렸다.

진이가 A고등학교에 입학하자마자 제일 먼저 한 일은 이리구에게 줄을 댈 수 있는 사람을 물색하는 거였다. 다짜고짜 만나자고 하는 것보다는 누군가 중간 역할을 해주면 훨씬 자연스럽게 만날 수 있다면서.

수소문 끝에 자기가 다니는 교회 오빠가 이리구네 반이라는 것을 알아냈다. 그때부터 미팅 계획이 착착 진행되었다. 날짜는 중간고사 끝나는 날로 잡혔다. 막상 날짜가 잡히니까 진이는 너무나 긴장된다고 너스레를 떨었다. 날짜가 임박해서는 자기가 숙맥이라나. 그러면서 잘 할 수 있을지 모른다고 걱정을 태산처럼 쌓았다. 결국 진이는 수아에게 도움을 청했다. 자기가 바보처럼 멍해 보이면 옆에서 도와주는 것이 수아의 역할이랄까.

'아무리 이리구 선배라도 그렇지, 미팅은 좀…….'

수아는 썩 내키지 않아 초봉리에 가야 한다는 핑계를 댔다. 핑계가 아니라 중간고사가 끝나면 집에 내려가는 건 당연한 일이다. 몇 번이나 말을 해도 진이는 중간고사 기간 중에도 틈틈이 졸라댔다. 시험이 끝나면 놀아야지 가긴 어딜 가느냐는 둥, 엄마는 다음 주에 보면 되지 않냐는 둥 하면서. 중간고사 막바지에 이르

렀을 때 다른 아이들도 시험 끝난 후의 계획에 들떠 있었다. 영화관, 파스타 레스토랑, 영 타운 거리, 옷 쇼핑 등등. 중학교 때랑 사뭇 다른 분위기에 수아도 살짝 동요되었다. 초봉리행을 취소할까, 하는 생각이 비집고 들어왔다. 그러던 차에 진이가 한 번 더 해 본다는 식으로 다가왔고, 수아는 못 이기는 척 승낙하고 말았다.

수아는 한껏 멋을 낸 진이 옆에 마치 장식품처럼 붙어 약속된 카페로 향했다.

"진이 너 오늘 신경 많이 썼다?"

진이는 오늘을 위해 꽤나 공을 많이 들였다. 다이어트 한다고 저녁을 굶었다고도 했고, 며칠 전에는 매직 펌을 하느라고 미용실에 서너 시간을 앉아 있었다고도 했다. 지금은 교복 블라우스를 따로 싸 와서 구김 없이 반듯한 걸로 갈아입고 가는 중이다. 수아로서는 이해할 수 없었지만 지금 진이의 모습은 공들인 효과인지 어제보다 더 예뻐 보였다.

수아와 진이가 카페에 도착하고 얼마 안 있어 교회 오빠와 이리구가 같이 들어왔다. 수아는 A고등학교 남신 이리구를 그날 처음 제대로 봤다. 시험이란 시험은 모두 전교 1등, 180㎝는 충분히 넘을 것 같은 훤칠한 키에, 균형과 비율을 하나하나 점검하며 정교하게 매만져 놓은 것 같은 얼굴. 수아는 이건 너무 비현실적이라고 생각했다. 이런 사람을 어떻게 이 자리에 데리고 나왔을까, 새삼 진이의 수완이 놀랍다는 생각까지 들었다. 진이는 전혀 숙맥 같지 않은 표정으로 너스레를 떨었다.

"리구 오빠, 오빠 고3이라 바쁘실 텐데 나와 주셔서 고마워요."

이리구가 진이와 수아를 번갈아 보자 진이가 수아를 소개했다.

"얘는 우리 반 친구 소수아예요. 제가 같이 나오자고 했어요. 괜찮죠?"

"응."

이리구가 크게 신경 쓰지 않는다는 듯 메뉴판으로 눈길을 돌렸다.

"안녕하세요? 소수아예요."

수아 앞에 앉은 교회 오빠도 자기소개를 했다.

"나는 이리구랑 같은 반이고, 진이랑 같은 교회 다니는 정다겸이야."

정다겸은 학교 선배니까 편하게 생각하라며 학교에서 마주치면 빵 사줄 거니까 꼭 인사하라고 했다. 빵 사준다는 말에 진이도 수아도 웃었다. 이리구만 시큰둥한 표정으로 겹쳐 올린 다리를 흔들어대더니 손가락으로 메뉴판을 가리켰다.

"목마르다. 뭐 시키자."

이리구 말에 진이가 얼른 지갑을 꺼냈다.

"제가 쏠게요. 모두 맛있는 거로 주문하세요. 수아, 너도."

정다겸과 수아가 혼자 내기엔 너무 비싸니까 같이 내자고 했지만, 진이는 처음부터 자기가 낼 생각이었다며 고집을 피웠다. 이리구는 돈을 누가 내는지는 전혀 관심이 없다는 표정으로 가장 비싼 애플 비트 주스를 손가락으로 찍었다.

음료수가 나오고, 각자 한 모금씩 마시기까지 이렇다 할 대화 없이 시간이 흘렀다. 말 없는 시간이 어색했는지, 진이가 팔꿈치로 수아를 툭툭 쳤다. 그 모습을 본 정다겸이 피식 웃더니 이리구에게 말했다.

"리구야, 너 무슨 말이라도 해봐라. 너 좋아서 나온 애들이잖아."

이리구는 윗몸을 뒤로 물리더니 의자 등받이에 등을 기댔다. 말할 생각이 없어 보였다. 표정도 그다지 밝아 보이지 않은 것으로 보아 이 자리가 좋아서 나온 거 같지는 않았다. 진이가 불안해졌는지 저, 하며 입술을 들썩거렸다.

"실은 오늘 수아네 집에 가서 밤새워 놀려고 했거든요. 그런데 그것보다 오빠 만나는 게 더 재미있을 것 같아서 이 자리 마련했어요."

이리구는 빨간 애플 비트 주스를 빨아 마시고, 정다겸이 대답했다.

"밤새워 놀다니. 집에 가족들이 있을 텐데?"

"아, 수아는 원룸에서 혼자 살아요."

진이가 기껏 신나게 말해 놓고 흠칫 놀라 입을 다물었다.

"왜 그래?"

정다겸이 묻자 이리구도 궁금하다는 눈빛을 했다. 진이가 배시시 웃으며 미안해하는 표정을 짓자, 마지못해 수아가 입을 뗐다.

"엄마는 일 때문에 지방에 계세요. 그래서 어쩔 수 없이 저 혼자 따로 살고 있어요."

정다겸이 물었다.

"그런데 그게 어때서 못할 말 했다는 표정들이야?"

"엄마가 저 원룸에 사는 거 드러내지 말라고 했거든요. 진이에게만 말해 준 건데……."

"친구들이 시도 때도 없이 놀러 올까봐? 진이처럼."

정다겸이 장난스럽게 진이를 보며 웃었다.

"아냐, 오빠. 나 여태 한 번도 못 갔어. 이번에 시험 끝나고 가려고 했던 거지."

수아는 생각보다 자기에 대한 이야기가 길게 이어지자 마음이 불편해졌다. 어서 다른 화제로 바뀌었으면 했다. 진이가 수아 눈치를 보더니 또 하지 않아도 될 말을 풀어 놓았다.

"얘 공부 되게 잘해요. 배치고사 1등이라 1반 된 거예요. 전 5반까지 세 바퀴쯤 돌다 1반 되었을 걸요."

진이가 말끝에 까르르 웃었다. 자기 딴에는 수아에게 미안한 마음을 만회하려고 꺼낸 말 같았다. 이리구와 정다겸도 재미있는지 크게 웃었다. 어쩌다 보니 대화의 주인공이 되어 버린 수아만 어쩔 줄 몰라 웃지도 못했다.

그 만남 후 바로 다음 날, 이상하게도 이리구는 수아에게 연락을 해 왔다. 거의 방치되어 있던 SNS 메신저로. 진이 SNS에서 수아의 댓글을 찾아내고, 거슬러 수아의 SNS까지 들어온 것이다.

"이 오빠가 왜 나한테?"

진짜 이리구를 사귀고 싶어 했던 아이는 진인데 왜. 게다가 진이는 누가 봐도 예쁜 얼굴이다. 명랑하기까지 해서 늘 아이들을 몰고 다니는 매력적인 아이다. 종종 러브레터를 받았다고 하는 걸 보면 남학생들에게 인기도 꽤 있는 편이다.

'왜 나한테 이리구 오빠가 연락을 해 왔을까.'

수아는 좋으면서도 본의 아니게 진이에게 비밀이 생겨서 부담스러웠다.

01
얇다

수아는 또 갈증이 일었다. 슬그머니 가방 안으로 손을 들이밀어 생수병을 꺼냈다. 뚜껑을 비틀었을 때 마침 종이 울렸다. 강사가 나가고 학생들이 수런수런 움직이기 시작했다. 물줄기가 목을 타고 아래로 흘러내리자 온몸에 수분이 퍼져나가는 느낌이 들었다.

'시원해. 물이 달고 맛있어.'

창가에 앉은 여학생이 블라인드 틈에 손가락을 질러 넣고 아래로 내렸다. 벌린 틈 사이로 옆 건물의 간판이 보였다. 커피 잔모양과 그 옆에 영어로 쓰인 coffee. 수아는 'coffee'를 보면서 '따뜻한 커피가 좋아'라는 목소리를 떠올렸다. 이리구가 한 말이다.

이리구는 밤에는 따뜻한 아메리카노를 원 샷으로 마신다고 했다. 하루 다섯 시간의 금쪽같은 수면 시간을 지키기엔 투 샷은 카페인 함량이 너무 많다고 했다. 아이스아메리카노를 마시지 않는 것도 카페인 함량의 미묘한 차이 때문이다. 아이스아메리카노는 보통 투 샷인데 카페인 때문에 원 샷으로 마시게 되면 얼음이 녹으면서 맹탕이 되어 커피 맛이 안 난다는 것이다.

마지막 타임이 시작되기 직전이었다.

special

> 10시 도착.

이리구의 문자였다. 거의 한 달 만에 온 문자다. 여름방학 동안 한 번도 연락이 없어서 공부 때문에 바쁜가 보다 했다. 수능이 가까워지기도 하고, 곧 9월 모의평가도 있으니 시간 내기가 쉽지 않았을 거다. 그래도 방학 중에 한번은 연락이 올 줄 알았는데 결국 방학 막바지에 왔다. 하여튼 오늘 온다니 잘 된 거다. 마침 이리구에게 꼭 할 말이 있었다. 수아는 남은 물을 마저 마시고, 책상 위에 있던 것들을 가방 속에 쓸어 넣었다.

"왜?"

진이가 네가 웬일이야, 하는 눈빛으로 쳐다보았다.

"집안일."

떠오른 대로 뱉은 말이지만 나쁘지 않았다.

"엄마 와서 좋겠다."

진이가 부러운 듯 중얼거렸다.

기껏 뛰어나갔는데 승강기가 바로 위층으로 올라갔다. 10층까지 올라갔다가 내려오려면 한참 기다려야 한다. 수아는 비상구 쪽으로 달려가 문을 열었다. 더운 공기가 훅 끼쳐 왔다.

'이리구가 시간을 좀 넉넉히 두고 연락하면 계단을 뛰어 내려가지 않아도 될 텐데.'

수아는 1층 카페에서 아메리카노 두 잔을 주문했다. 계산하기 전에 잠시 한 잔만 주문할까, 하고 갈등했다. 어차피 수아는 커피를 별로 좋아하지 않았고, 순전히 이리구가 혼자 마시는 걸 어색해 할까봐 마시는 시늉만 하는 거였다. 요즘은 커피 대신 물 마시는 게 더 좋았다. 아메리카노 두 잔을 캐리어에 담아 카페에서 나왔다. 카페에서 막 나왔을 때 스마트폰에 진동이 울렸다.

김진이

> 너네 집에서 일박 언제 시켜줄 거야?
> 울 엄마는 너라면 오케이.

김진이

> 벌써 다음 주에 개학인데... ㅠㅠ

혹시 이리구가 온다고 할지 몰라 진이랑 약속을 잡지 못했다. 수아는 진이에게 간단히 '나중에 봐서'라고 답문을 보내고 걸음을 재촉했다. 원룸까지 300미터쯤. 달린 덕에 5분쯤 절약했다. 원룸에 들이닥치는 대로 청소할 생각이었지만 딱히 손댈 것은 없었다. 침대 위 이불은 네 귀퉁이가 팽팽히 당겨진 채였고, 현관

왼쪽 자그마한 싱크대 위에는 컵 하나 나와 있지 않았다. 창문 아래 놓인 책상 위도 언제든지 책을 펼칠 수 있도록 깨끗해야 한다는 수아의 철칙이 잘 지켜지고 있었다. 책과 노트 따위를 꽂아 두는 책꽂이도 질서정연해서 손 댈 구석이 없었다.

수아는 들고 있던 커피 캐리어를 싱크대 위에 놓았다.

special

문 열어.

아직 교복도 갈아입지 못했는데. 수아는 자기 차림새가 한심해 한숨이 나왔다. 현관문을 여니 역시나 교복 차림인 이리구가 서 있었다. 이리구는 뒤꿈치를 비비적거리며 운동화를 반쯤 벗은 채 안으로 성큼 들어섰고, 수아는 아무렇게나 내려놓은 이리구의 가방을 한갓지게 책상 옆에 세웠다.

"커피?"

이리구가 침대로 가 풀썩 걸터앉으며 물었다.

"방금 테이크아웃 해왔어요. 따뜻해요."

이리구가 컵을 받아 한 모금 마시더니 수아에게 가까이 오라고 손짓했다.

"잠깐만요."

수아는 냉장고에서 생수를 한 병 꺼내 들고 책상 앞 의자를 빼 앉았다.

"설마 아직도 내가 어렵니?"

이리구가 귀엽다는 듯 수아를 바라보았다. 수아는 이리구의 얼굴에 슬쩍 어리는 웃음기에 마음이 편해졌다. 이리구가 몸을 일으키더니 침대 끝으로 와 앉았다. 수아와 한 팔 길이로 가까워졌다. 수아의 오른쪽 어깨를 이리구의 왼쪽 손아귀가 감쌌다.

"확실히 여자는 얇구나."

"네?"

느닷없이 던져진 말이지만 수아는 어쩐지 칭찬처럼 들렸다. 빙글 미소를 머금은 채 다음 말을 기대하고 있는데, 이리구의 오른손이 수아의 팔을 타고 내려와 손목에서 멈췄다. 이리구의 손아귀 안에 수아의 손목이 가뿐히 들어갔다. 이리구가 손가락을 펴더니 두께를 가늠하듯 검지부터 차례대로 오므렸다.

"예쁘다는 소리야."

수아는 기분이 좋아져 자기도 모르게 힉 웃었다. 그리고 나서 곧 자기 웃음소리가 바보 같다는 느낌이 들어 후회했지만. 다행스럽게도 이리구는 전혀 신경 쓰지 않았다.

"여기에도 들어갈까?"

이리구가 커피 컵에서 홀더를 빼냈다.

"손 줘 봐."

수아가 한 손을 내밀자 이리구가 컵홀더를 수아의 손에 끼웠다. 컵홀더 안은 수아의 손목을 담고도 헐렁했다. 이리구가 재미

있어 하는 표정으로 컵홀더를 빼 바닥에 던지더니 수아의 손목을 잡아끌었다. 수아는 침대까지 끌려왔으나 이리구 옆에 가까이 가는 것은 망설여졌다. 어쩌다 보니 무릎 꿇는 자세가 되어버렸다. 이리구가 어, 하는 표정을 지을 때 수아는 입술을 깨물었다.

이리구가 하자는 대로 하면 안 될 것 같았다. 몇 달째 생리가 없었다. 워낙 불순이라 크게 걱정하지는 않았지만 8월에도 생리가 없는 건 불길했다. 6월엔 생리 예정일이 모의평가랑 겹쳐서 안 하는 줄도 모르고 지나갔고, 7월엔 학기말고사 때문에 스트레스 받아 안 하는 줄 알았다. 중학교 때도 시험이 있는 달에는 거르곤 했으니까. 그런데 8월은 방학 중이라 생리를 안 할 이유가 없었다. 실은 이것 때문에 이리구를 기다린 것이다. 수아가 임신 됐을지도 모른다고 말하려는데 이리구가 팔로 이불을 툭툭 쳤다.

"나 시간 별로 없어."

수아는 이리구가 금방 간다고 할까봐 마음이 조급해졌다.

"난 네가 원하는 걸 해주려고 해."

"뭘요?"

"오늘 공부하다가 '얇다'라는 단어가 나왔는데 그 말에 꽂히는 거야."

낯설게도 그동안 나눠보지 않은 스타일의 대화다. 수아는 이

분위기에 다른 말을 끼워 넣기가 조심스러워 일단 하려던 말을
접었다.

"너 문학파니 비문학파니?"

"전 그냥 다 비슷해요."

"그래. 학기말고사 1등 했다고 했지? 중간고산가?"

"둘 다요."

"그러면 국어는 백 점이겠다."

"네."

"너 시 좋아하니? 내가 시 공부하다가 그 단어에 꽂힌 거거든."

"무슨? 아, 얇다라는 말이요?"

"얇다는 이미지가 들어간 시 아는 것 있으면 읊어 봐."

수아는 바로 떠오른 시를 읊조렸다.

"풀잎은 퍽도 아름다운 이름을 가졌어요. 우리가 '풀잎'하고
그를 부를 때는, 우리들의 입속에서는 푸른 휘파람 소리가 나거
든요."

"박성룡. 풀잎이 얇긴 얇지, 또."

이리구는 뭐든 생각나는 것을 읊어보라는 듯 턱짓을 했다.

"껍데기는 가라. 사월도 알맹이만 남고 껍데기는 가라. 껍데기
는 가라. 동학년 곰나루의, 그 아우성만 살고 껍데기는 가라. 그
리하여, 다시 껍데기는……."

수아가 계속 읊으려는데 이리구가 막았다.

"껍데기. 그건 좀 두껍고 딱딱하게 들리네. 마지막 연에 이런 말이 있어. 한라에서 백두까지 향그러운 흙가슴만 남기고 그, 모오든 쇠붙이는 가라. 쇠붙이. 지난 모의평가에 나온 시다."

수아는 시를 잘못 선택했구나, 싶었다. 그래도 나름 선택한 이유를 말하고 싶었다.

"껍데기는 얇은 느낌이 들어요. 얇아서 힘이 없고 잘 부서질 것 같아요. 진실의 힘이 몰아치면 도망갈지도 모르겠어요. 지금 오빠가 그런 얇음을 원하는 건지는 모르겠지만요."

"당연히 아니지. 얇은 이미지를 떠올리다 네가 생각났다니까. 설마 내가 너를 생각하면서 껍데기, 쇠붙이, 이런 것을 연상했겠니?"

"저를요?"

수아는 무슨 말인지 몰라 이리구의 눈을 빤히 바라보았다.

"넌 얇은 것 하면 떠오르는 게 뭐야?"

이리구가 다시 한 번 기회를 주겠다는 듯 물었다.

"글쎄요."

"시는 툭툭 잘도 읊어 대면서……."

이리구가 재미없다는 듯 심드렁한 표정을 지었다. 수아는 내가 왜 이 정도 대답도 못하나, 하는 생각과 함께 이게 그렇게 중요한 질문인가, 하는 생각이 들었다. 그래서 조금 웃겼지만 머릿속은 그 어느 때보다 바삐 움직였다. 다행스럽게도 떠오른 단어가 하나 있었다.

"채송화 꽃잎이요."

"그래?"

"꽃잎이 너무나 얇아요. 살짝 건드려 보았을 뿐인데 손자국이 났어요. 정말 미안했어요."

"누구에게 미안해?"

"채송화에게요."

"미안할 것도 많다."

"저 때문에 상처가 났으니까요. 되돌려 놓을 수 없으니까 미안하죠."

"야, 됐다."

이리구는 말끝에 누가 반성문 쓰랬나, 하고 중얼거렸다. 그러더니 수아 쪽으로 몸을 돌렸다. 이리구의 얼굴이 수아의 얼굴과 거의 맞닿을 듯 가까웠다. 이리구의 옅은 갈색 눈동자 안에 수아의 얼굴이 보였다. 수아는 눈길을 흰자위 쪽으로 조금 비껴 보았다. 여전히 왼쪽 흰자위에 누르스름한 점이 있었다. 없어지는 건 줄 알았는데 아닌 모양이었다.

"이 정도면 만족하지?"

이리구가 말했다.

"뭐가요?"

"네가 그랬잖아. 대화도 하고 데이트도 하고 싶다고. 곧 수능이라 데이트 같은 건 못하지만, 나 오늘 너를 위해 노력한 거야. 안 하던 거 하니까 힘드네."

이리구가 말 끝에 큭큭 웃었다.

지금까지 이리구랑 단둘이 만난 것은 오늘을 포함하여 여섯 번이다. 만날 때마다 만나는 장소가 수아의 원룸이고, 그것도 늘 밤 10시, 11시로 한밤중이었다. 첫날만 빼고. 첫날엔 원룸 앞 편의점에서 만났다. 그날 이리구는 학교생활이나 입시에 대하여 이것저것 일러주었다. 수아는 만약 자기에게 오빠가 있다면 이리구 같을 거라고 생각했다. 사흘 후에 두 번째 만났는데, 그때는 수아의 원룸에서 만났다. 수아는 원룸이 초라해 보여서 쩔쩔맸고, 이리구는 그 마음을 읽은 듯 컵라면 없냐고 물었다. 컵라면을 먹으면서 이리구는 수아의 책을 들춰보며 이런저런 말을 했다. 이 참고서는 내용이 충실하다는 둥, 이 문제집은 작년 거랑 똑같다는 둥. 또 어떤 문제집은 선생님들이 시험 출제할 때 많이 보는 것 같다는 둥. 컵라면은 생각보다 빨리 바닥이 드러났다. 이리구는 다음에 또 와도 되냐고 물었고, 수아는 고개를 끄덕였다. 이리구가 마치 주문하듯 다음엔 따뜻한 아메리카노 한 잔이면 된다고 했다. 엷게 샷은 하나만. 두 번째로 원룸에 들렀을 때는 수아가 테이크아웃 해온 아메리카노를 마셨다. 아메리카노를 한 모금인가 마신 후, 이리구가 침대머리에 비스듬히 앉았다. 가까이 오라는 이리구의 눈짓에 수아는 당황했지만 얼마 지나지 않아 몸을 움직였다. 이리구는 너무 멋있었고, 좀 더 친해져도 좋다고 생각했기 때문이다. 원룸에 오기 전에 배란기를 계산해 보라던 이리구의 문자가 생각났지만 설마 거기까지는 아니겠지, 했던 예상은 한참 빗나갔다.

그 후로 6월에 두 번 7월에 한번 만났는데 세 번 다 그런 식이었다. 발가벗겨진 수아가 이불 속에서 마치 애벌레처럼 웅크리고 있으면 이리구는 자기 옷을 주워 입고 나갔다. 그럴 때마다 수아는 이성교제가 이런 건가, 하는 의구심이 들었다. 혹시 그런 표현을 하면 뭘 모른다는 말을 들을 것 같아 내색은 안 했지만 어쩐지 좀 죄 짓는 것 같고 께름칙했다. 고3인 이리구의 형편을 생각하면 욕심일지도 모르지만 데이트도 하고 싶고, 대화도 하고 싶었다. 그래서 한번 말해 본 건데 한 달 만에 온 이리구가 수아의 요구를 들어 준다는 식으로 말하고 있는 것이다.

"됐지?"

"뭐가요?"

"이 정도면 네가 원하는 대화는 충분하잖아."

이리구가 시간이 별로 없다면서 손을 움직이기 시작했다. 이리구의 손끝이 닿을 듯 말 듯 수아의 턱선을 훑고 지나갔다. 수아는 내키지 않는다는 듯 고개를 옆으로 돌렸으나 이리구는 개의치 않았다. 어깨로 갔던 이리구의 손이 턱 밑으로 와 블라우스 단추를 풀기 시작했다.

"잠깐. 안 돼요."

"왜?"

이리구의 눈썹이 안쪽으로 곤두박질치듯 꿈틀거렸다.

"나 좀 이상해요. 임신한 것도 같고."

"설마. 배란기가 아닌 날만 골라 왔는데?"

"그래도……."

"좋았는데 김샜다."

이리구가 침대에서 몸을 벌떡 일으켰다.

"만약 임신이면 저 어떻게 하죠?"

"그럴 리가 없잖아."

"아니었으면 좋겠어요. 정말로."

이리구는 가방을 둘러메더니 나가버렸다.

쿵.

문 닫히는 소리와 함께 불안이 엄습해 왔다. 뒤도 돌아보지 않고 떠난 이리구를 보고나니, 정말 자기가 임신한 것처럼 느껴졌다. 그저 느낌만 말했을 뿐인데 어쩌면 저렇게 딱 자르고 가버릴까. 몸이 떨리고 다리에 힘이 풀렸다. 수아는 떨리는 몸을 진정시키듯 양손으로 팔뚝을 부여잡고, 수십 번도 더 본 탁상 달력을 다시금 들여다보았다.

"8월 셋째 주도 끝나가는데 아직이야. 더 기다려봐야 하나……."

두 번째 원룸을 방문한 날, 이리구는 오기 전에 배란일이 아니어야 오겠다고 했다. 그땐 정말 농담인줄 알았다. 지난번에 컵라면 먹고 간 것처럼 이번에도 커피 마시고 이런 저런 이야기를 하다 갈 거로 생각했다. 그래서 계산도 안 해 보고 오케이라고 해 버렸다. 이리구의 계획이 어떤 것인지는 짐작도 못하고. 그날 콘돔 같은 건 준비도 안 되어 있었고, 그걸 말할 여유도 없었다. 그러고 보니 이리구는 셋째 주에만 방문했다. 배란일이 아니라고 했던 그 주를 골라서 온 눈치였다.

"임신이 그렇게 쉽게 되지는 않겠지."

수아는 불길한 예감에 이끌리듯 배란일 계산기를 검색했다. 마지막 생리 시작일인 5월 3일을 넣었더니 배란일이 19일이고 가임기가 14일에서 22일로 나왔다. 문제의 그날은 21일이었다. 혹시 몰라 수기로도 계산해 보았다. 다음 생리 예정일인 6월 3일로부터 14일 전인 20일이 배란일. 가임기는 20일 전후로 4일을 계산하면 16일부터 24일이다. 두 계산법에 약간의 오차가 있지만 5월 21일은 확실히 가임기에 속해 있었다.

2〇〇1년 8월 29일 일요일 비

오전에 파프리카를 마트에 납품하고 났더니 비가 내렸다. 비가 와서 오후에 하려고 했던 파프리카 출하 작업은 곤란하게 되었다. 이 더위에 파프리카를 따 놓으면 짓무르기 십상이다. 오전에 일을 마무리짓자 호아는 아이들 챙기러 집에 간다고 하기에, 자스민과 프엉에게는 혹시 봉사할 생각 없냐고 했더니 좋다고 했다. 봉사란 바로 마을 할머니들에게 점심 차려드리기.

우리는 파프리카 두 상자를 가지고 마을회관으로 갔다. 할머니들이 화투를 치고 계시다가 우리를 보고 좋아하셨다. 뒷골 할머니는 기껏 농사지어서 동네 사람들에게 다 나눠 준다고 성화를 했지만.

화투 치는 할머니들 중에 정순 할머니 눈치가 좀 이상했다. 안절부절 못 하시는 것도 같고. 자스민을 보고 그러시는 거다. 자스민은 얼른 주방으로 들어가 버렸다. 뒤따라 들어간 프엉이 자스민을 보며 고개를 절레절레 흔들었다. 프엉은 베트남 사람인데 '한국 남자랑 결혼하세요' 사업에 신청하여 한국에 들어왔다고 했다. 신랑 나이가 열다섯이나 많았지만 부자라고 해서 결혼했는데, 한국에 와서 보니 부자가 아니었단다. 프엉의 남편은 나도 잘 안다. 땅 한 뙈기 없이 남의 집 일 다니며 벌어먹은 날품팔이라고나 할까. 그래도 프엉은 집 한 채는 있으니 열심히 일해서 돈을 모으자고 결심했단다. 하지만 시시때때로 세대 차이를 느낀다고 했다. 나이쯤이야 했던 것이 오히려 큰 걸림돌이 된 것이다. 나는 프엉이 자스민에게 이것저것 알려 주는 것을 보고 서로 의지하고 살면 좋겠다고 생각했다.

자스민이 쌀을 씻어 안치고, 프엉과 나는 반찬을 만들었다. 냉장고에 있는 채소 몇 가지를 꺼내 파프리카 잡채를 만들고, 파프리카와 부추를 잘게 썰어 전을 부쳤다. 그러는 사이에 정순 할머니가 주방으로 건너오셨다. 정순 할머니는 슬금슬금 자스민에게로 가더니 자스민의 등을 쓰다듬었다.

정순 할머니에게는 나이 50에 가까운 아들이 있다. 아직 결혼을 못 해 정순 할머니의 걱정이 이만저만이 아니다. 그래서 자스민과 짝을 지어 주고 싶은 거다. 40대 후반의 남자를 스무 살밖에 안 된 자스민에게. 그럴 때마다 자스민은 생글생글 웃으며 대답을 회피했다. 정순 할머니는 그러는 자스민이 수줍어한다고 생각하는 눈치였다. 자스민의 속을 내가 속속들이 다 알 수는 없어서 나설 수는 없지만 그런 결혼은 별로다.

나는 바쁜 척 왔다 갔다 하며 상을 차렸다. 프엉도 수돗물을 크게 틀어 그릇을 소리 나게 닦았다. 자스민이 나와 프엉에게 용기를 얻었는지 자기는 결혼할 생각이 없다고 말했다. 그것도 아주 확실하게.

할머니들과 점심을 먹고 난 다음에 자스민과 프엉은 설거지를 하고, 나는 할머니 수대로 파프리카를 신문지에 쌌다.

마을회관 점심 봉사를 마치고 자스민과 프엉을 버스 정류장까지 데려다주었다. 가는 길에 자스민에게 꿈을 잃지 말라고 했다. 자스민은 미용 학원에 다니고 있다. 한국에서 돈도 벌고 미용사 자격증도 따서 필리핀으로 돌아가 미용실을 내고 싶단다. 프엉은 하우스 한 동 지을 밭을 갖고 싶다고 했다. 하우스 농사를 짓는 게 꿈이란다. 자스민, 프엉, 모두 착하고 성실한 사람들이다.

착하고 성실한 사람 또 하나 있지. 우리 수아. 주말에 내려올 줄 알았는데……. 바쁘겠지. 9월에 모의평가를 본다니. 그 성격에 얼마나 공부를 열심히 하고 있을지 불을 보듯 뻔하다. 내가 옆에서 챙겨주지 못해 먹는 것도 부실할 텐데, 늘 걱정이다. 시험 보기 전에 한번 올라가봐야지. 그런데 하필 요즘 너무 바쁘다.

02
약속

9월 둘째 주, 모의평가를 치렀다. 혹시나 해서 기다렸건만 아직도 생리는 없다. 자그마치 넉 달이나 걸렸다. 인터넷에 검색해 보는 건 이젠 버릇이 되어버렸다. 검색된 글 중에는 배란일이 정확하게 딱 맞아 떨어지지 않을 수도 있다는 내용이 있었다. 수아가 계산한 배란일에서 하루 이틀 정도는 가감이 있을 수 있다는 뜻이다. 이런 글은 수아를 확실한 임신으로 몰고 갔다. 몸이 피곤하면 생리가 늦어지거나 거를 수도 있다는 내용도 있었다. 이런 글에 기대는 자신이 비루해 보이지만 아니었으면 하는 간절함이 자꾸만 그쪽으로 이끌었다.

'중학교 때도 그런 적이 있었어.'

수아는 고등학교에 들어와 공부 강도가 높아진 데다 중학교에선 없던 모의평가를 치르면서 몸이 많이 피곤했던 탓이라고 생각하고 싶었다. 이젠 어느 정도 고등학교 생활에 적응했으니 다시 생리가 시작될 수도 있다는 일말의 기대감을 지우고 싶지 않았다. 그래서 여태 임신 테스트기를 사지 않았다. 약국이나 편의점에서 그걸 살 용기도 없었지만. 실은 조심스럽고 겁나서 배를 내려다보거나 만져보는 것조차 못해 봤다.

'임신하면 입덧 같은 것도 한다는데 나는 입덧도 없으니까 아닐 거야.'

교실은 시끌벅적하고 걱정 하나 없어 보이는 아이들이 눈에 들어왔다. 오늘 유난히 이 애들이 명랑하고 행복해 보였다. 몇 번 망설임 끝에 아랫배로 눈길을 옮겼다. 임신 생각에 빠져 있어선지 예전보다 불룩해진 것 같았다. 그러고 보니 교복 치마허리가 팽팽한 느낌이 들었다. 슬그머니 손을 아랫배로 가져갔다. 정말 느낌인지는 모르겠지만 뭔가 움직이는 것 같았다. 뒷덜미에서 땀이 흠씬 배어나왔다. 입 안이 마르고 목구멍이 뻑뻑했다. 너무 서두른 나머지 헛손질까지 해대며 텀블러를 열었다.

물을 마시고 목마름이 가시자 이리구 생각이 났다. 이리구와 진지하게 이야기하고 싶었다. 문자를 보내 볼까, 했지만 차마 그러지 못했다. 김샜다면서 가버린 이리구가 수아의 연락을 받아줄지 확신이 서지 않았다. 게다가 평상시에도 연락은 자기가 하겠다고 했다. 아무 때나 문자가 오면 공부 리듬이 깨진다며. 하지만 이번엔 중대한 사안이니만큼 이것저것 가릴 처지가 아니라는 생각이 수아에게 용기를 주었다.

소수아

> 오빠, 모의평가는 잘 봤어요? 오늘 볼 수 있어요?

두 눈 딱 감고 보내기 버튼을 눌러 버렸다. 이리구는 문자만 읽고 답문을 보내지 않았다. 갑자기 문자를 보내서 화났을 수도 있다. 수아는 자기가 약속을 깬 것 같아 이리구에게 미안한 마음이 설핏 들었다. 그러나 시간이 흘러도 이리구로부터 답문이 없자 초조해지기 시작했다. 다시 스마트폰을 열었다. 이리구가 화를 내도 어쩔 수 없었다. 아직 2교시 시작종이 울리려면 5분 쯤 남았다. 수아는 교실에서 나와 화장실로 갔다. 세면대에 두 명이 손을 씻고 있었다. 그 아이들 눈을 피해 칸막이 안으로 들어갔다. 변기 뚜껑을 닫고 앉아 스마트폰을 열었다. 떨리는 손으로 간신히 문자를 찍었다.

소수아

> May be pregnant.

답문이 오길 기다려봤으나 역시 읽기만 하고 답은 없었다. 교실로 돌아와 다시 스마트폰을 열어보았다. 한 번 더 문자를 보내볼까, 하고 스마트폰을 만지작거리고 있을 때 진이가 교실로 뛰어 들어왔다.

"수아야, 완전 대박 소식 있어. 이리구 오빠가 이번 모의평가 전국 8등이래."

진이는 모두 들으라는 듯이 수선스럽게 말했다. 아이들이 A고등학교 남신이니, 서울대 유력 후보니, 하며 떠들었다.

"넌 기분이 어때?"

느닷없이 진이가 물었다.

"그걸 왜 나한테 물어?"

수아는 진이가 이리구와 자기 사이를 알고 묻는 것 같아 뜨끔했다.

"왜 이렇게 놀라? 넌 어떨 것 같냐고. 너도 전국 등수 만만치 않을 것 같은데."

수아가 어이가 없다는 듯 손사래를 쳤다.

"아냐. 이번에 공부 별로 못했어."

"에이, 그 거짓말 진짜야? 방학에도 특강 듣느냐고 엄마한테도 안 갔으면서."

"됐다. 그런데 넌 어떻게 3학년 정보가 더 빠르니? 정작 1학년 1등은 모르면서."

"3학년 정보를 내가 어떻게 알겠니? 리구 오빠니까 안 거지. 다겸이 오빠가 말해주더라. 수업 시간에 어떤 선생님이 1등만 살짝 알려줬대. 넌 리구 오빠한테 진짜 관심 없어? 난 그 오빠가 서울대 가서 우리 학교를 한껏 빛내줬으면 좋겠어. 내가 맨날 기도한다, 기도해."

"기도씩이나. 네가 기도 안 해도 서울대 가겠지."

"그렇겠지?"

진이가 자기 자리로 가려다 뒷걸음질로 수아에게 다시 왔다.

"수아야, 1학년 1등도 알아봐줄까? 내가 마음만 먹으면 금방 알아봐줄 수 있어. 내 인맥이 짱짱하거든."

"아우, 됐어. 가만히 있으면 자연 알 텐데."

"그래. 기다리자. 솔직히 선생님들에게 닿는 인맥은 없다."

수아는 진이의 너스레에 마지못해 웃으며 진이 등을 떠밀었다. 밀려서 간다는 듯 우스꽝스런 몸짓으로 턱턱 걸어가는 진이를 보며 수아는 스마트폰을 열었다. 모의평가 성적보다는 이리구가 보내주는 문자 한 통이 더 간절했다.

'지금 리구 오빠는 대책을 강구하고 있을 거야, 곧 자기가 생각해 낸 것을 말해 줄 거야.'

그날이 오늘일지도 모른다. 모의평가도 잘 봤겠다, 기분이 좋을 테니까 원룸에 놀러 올지도 모른다. 긍정적으로 생각하면 할수록 마음은 이리구에게 달려가고 있었다.

점심시간이 거의 다 지나가도록 답문은 오지 않았다. 수아는 이리구 동태라도 살펴볼 요량으로 4층 3학년 교실로 올라갔다.

'혹시 눈이라도 마주치면 무슨 반응을 보내주겠지.'

이리구가 한 말이 다시금 떠올랐다. 학교에서건 친구들에게건 자기를 만나는 것을 티내면 그날로 끝이라고. 당부가 아니라 협박 비슷하게 말했다. 이러다 임신 이야기는 꺼내보지도 못하는 건 아닌가 싶어, 차마 1반 교실 가까이 갈 수는 없고 2반 교실 쪽에서 서성거렸다. 이러고 있는 걸 이리구가 보면 어떻게 나올지 겁이 났지만, 아무리 생각해도 혼자 감당하기는 버거웠다.

점심시간을 5분 남기고 이리구가 복도에 나타났다. 늘 같이 다니는 친구도 옆에 있었다. 그 친구의 통통한 손에 카스텔라가 들린 것으로 보아 매점에 갔다 오는 눈치였다. 한 무리의 여학생들이 이리구 옆을 지나며 시시덕거렸다. 분명 이리구를 의식한 행동인데 아랑곳하지 않는 이리구. 마치 일일이 화답할 수 없는 인기절정의 아이돌 같았다. 수아는 눈빛으로 맹렬하게 이리구의 눈길을 쫓아갔다.

"아는 애냐?"

옆에 있던 친구가 이리구에게 말했다. 그 말이 떨어지기가 무섭게 이리구가 그 친구의 어깨를 퍽 소리 나게 휘어잡더니 자기 앞으로 당겨 걷도록 했다. 이리구는 수아에게 눈길 한번 주지 않았지만 알고는 있는 것 같았다. 수아가 자기를 보러 왔다는 걸. 수아는 이리구가 알면 됐다 싶어 계단을 내려왔다.

'아, 목말라.'

교실로 돌아오자마자 텀블러부터 찾았다. 텀블러에 남은 물이 없었다. 수업 시작종이 울리고 있었다. 수아는 그냥 자리에 앉을까 하다가 이내 못 참고 복도로 뛰어나갔다. 정수기에서 물을 받고 있을 때 교무실에서 선생님들이 나오고 있었다. 수아는 양껏 물을 마시고, 마신 만큼 물을 더 담아 가득 채웠다.

종례 시간에 담임이 전교 1등은 소수아라고 했다. 아이들이 환호성과 함께 손뼉을 쳐주었다. 그 기쁜 순간에도 수아는 물을 마셨을 뿐이었다. 웃음이 나오지 않았다. 아주 작은 미소도 지어지지 않았다. 손뼉 소리가 마치 멀리서 들려오는 메아리처럼 느껴졌다. 물을 너무 많이 마셔서 그런지 배도 고프지 않았다. 저녁 식사는 해야겠기에 학원 근처 식당에 들어갔으나 딱히 주문하고 싶은 음식이 없었다. 진이가 카레라이스가 먹고 싶다고 해서 덩달아 시켰다. 겨우 두어 숟가락 떠먹었는데 그게 잘못되었는지 속이 더부룩했다. 학원 수업을 듣는 동안은 머리까지 아팠다. 눕고 싶었다. 한숨 자면 딱 좋겠다는 생각이 들었다. 그러는 와중에 틈틈이 스마트폰을 열어 보았다. 기어이 이리구의 답문은 없었다.
'짐작이 아닌 확실한 것이 필요해.'
그래야 좀 더 적극적으로 이리구에게 말할 수 있을 것 같았다. 비교적 덜 부담스러운 편의점부터 들렀다. 이 편의점엔 임신테스트기가 없었다. 진열대를 아무리 둘러봐도 눈에 띄지 않았다. 아르바이트생에게 물어볼 수도 없고. 콘돔처럼 자판기에서 쉽게 살 수 있으면 좋을 텐데. 대형 마트 부근의 약국으로 향했다. 누가 필요한 거냐고 물으면 엄마를 대려고 대답까지 준비했다. 다행히 약사가 아무 말 않고 건넸다. 입안이 바싹 말랐다. 또 목이 타기 시작했다. 침을 모아 삼키면서 원룸으로 왔다. 생수부터 벌컥벌컥 마시고 테스트를 했다.

두 줄의 금.

과연, 임신이 맞았다.

이젠 기정사실이 되어 버렸다.

5월 21일에 임신이 되었다면 16주나 된 거다.

'아, 어쩌면 좋아.'

소수아

> **임신 맞아요. 연락 줘요.**

문자를 보내 놓고 답문을 기다리다 인터넷으로 들어갔다. 검색창에 쓴 글자는 낙태였다. 검색된 글의 맨 처음이 낙태죄에 관한 기사다. 수아는 낙태가 죄일 수 있다는 것에 놀랐다. 기사는 낙태죄가 없어졌다는 내용인데, 그 밑으로는 여전히 뭔가 불편을 호소하는 글들이 많았다. 임신 주수에 의해 낙태 가능 여부를 판단한다거나, 배우자의 동의 또는 성폭력에 의한 임신임을 증명해야 한다거나. 조건을 갖췄다고 해도 임신 16주면 병원에서 수술해 주려나 모르겠다. 다시 검색을 해보니 임신 5개월까지는 수술이 가능하다는 글이 있었다. 그 글 끝에 임신한 지 오래될수록 수술비용이 비싸다는 말도 있었는데, 그만큼 위험하고 힘든 수술이라는 뜻일 거다.

'난 이제 어떻게 되는 건가.'

수아는 바들바들 떨리는 손을 아랫배로 가져갔다. 정말 느낌인지는 모르겠지만 아기가 움직이는 것 같았다. 이렇게 될 때까지 몰랐다니. 생각하면 할수록 기가 막혔다. 앞으로 불러올 배를 생각하니 눈앞이 깜깜했다. 냉장고에서 생수 한 병을 꺼내 마셨다. 목을 축이고 났더니 냉장고 옆에 비닐봉투가 눈에 들어왔다. 20리터 쯤 되는 비닐봉투 안에 생수병이 가득했다.

'요 몇 달 간 유난히 갈증을 느꼈어.'

수아는 자기도 모르게 아기가 원하는 것을 주며 키우고 있었다는 생각이 들었다.

10시가 넘어가는데도 이리구는 연락이 없었다. 수아는 다시 인터넷 검색을 시작했다. 이번엔 검색창에 미혼모라고 썼다. 미혼모에 관련된 기사와 동영상 여러 개가 떴다.

제목이 섬뜩한 기사가 먼저 눈에 들어왔다. 17세 청소년 모텔 화장실에서 출산 후 영아 방치. 수아는 기사를 열어보기가 겁나 눈을 한번 감았다 떴다. 기사는 생각보다 짧았다. 모 도시에서 있었던 일로 영아는 오랜 시간 방치로 사망했고, 불편한 걸음새로 모텔을 빠져나가는 여자를 CCTV로 확인했단다. 그 여자가 바로 17세 가출 소녀로서 이 일을 벌인 사람이다. 17세 수아의 현실을 일깨워주는 기사였다. 수아는 징그러운 거라도 본 듯 몸을 부르르 떨며 기사를 닫았다. 또 목이 말랐다. 반쯤 남은 생수를 마저 입안에 쏟아 부었다.

이리구는 아직 연락이 없고, 마음은 불안했다. 공부하기도 애매하고, 책이 손에 잡힐 것 같지도 않았다, 다시금 스마트폰을 열자 미혼모를 검색했던 창이 열렸다. 화면 아래에 동영상 첫 화면에 여자가 웃고 있었다. 앳된 얼굴로 보아 이 여자도 나이 어린 미혼모일 것이다. 수아는 동병상련을 겪어낸 사람이라 생각하며 손가락으로 터치했다,

아기 엄마가 어린이집에서 아기를 데리고 나오는 장면부터 시작된다. 화면 아래에 자막과 함께 아기 엄마 이름이 나온다. 김인영, 그 옆에 가명이라고 씌어 있다. 아기는 이제 막 걸음마를 시작한 듯 아장아장 걷는다. 옆에서 PD가 아기 아빠랑 같이 사냐고 묻는다. "아빠랑은 연락이 안 돼요. 임신한 것을 알고 떠났어요." 학교에 다니고 싶지 않느냐는 질문이 나온다. "교복 입고 가는 아이들 보면 부러워요." PD가 꿈이 뭐냐고 묻는다. "교복 입고 학교에 가는 거요. 아기를 키우고 나면 다시 다니려고요." 김인영의 얼굴에 결의가 비친다. 학교에 가는 것이 꿈이라니. 수아는 임신만 안 했다면 고등학교에 다니는 것이 애써 이뤄내야 할 꿈은 아니었을 텐데, 하고 생각했다. 이름이 가명, 이것도 찜찜했다. 그 정도로 부끄러운 일이라는 뜻 같았다.

김인영과 아기는 반지하방으로 들어갔다. 생활은 어떻게 하냐

는 PD의 질문에 김인영은 지원금을 받았지만 그 걸로는 부족해서 아르바이트를 시작했다고 했다. 살림살이는 조악했고, 벽엔 마치 성물처럼 교복이 걸려 있었다. 김인영은 휴대용 가스레인지에 주전자를 올린다. 양은 밥상 위에 수학 문제집이 놓여 있다. 김인영은 문제집을 방바닥에 내려놓고, 상 위에 컵라면을 놓는다. 화면은 누워서 젖병을 빠는 아기를 배경으로 라면을 먹는 김인영의 얼굴을 클로즈업해 보여 준다.

"이건 내가 원하는 모습이 아냐."

또 다른 동영상은 제목이 '십대부부'다. 이 부부는 아기 아빠네 집, 그러니까 시댁에 들어가 살고 있다. 시어머니가 아기 목욕을 시키고 옆에서 아기 엄마가 거들고 있다. 두 사람의 얼굴이 밝다. 말간 얼굴로 방긋방긋 웃는 아기도 예쁘다. 얼마쯤 시간이 지나자 교복 입은 남학생이 들어온다. 남학생은 오자마자 아기를 안고 뽀뽀한다. 아기 아빠다. 시어머니가 아기 아빠에게 교복 먼저 갈아입지, 하고 핀잔을 주는데 싫지는 않은 표정이다. 그러다 아기 엄마를 돌아보더니, 내년에는 너도 복학하라고 말한다. 아기는 내가 봐줄게, 하니까 아기 엄마가 정말요, 하면서 즐거워한다.

수아는 '십대부부'를 보면서 고교생의 임신이 비관적이지만은 않다고 생각했다.

"대부분의 사람들이 열일곱 살에서 열아홉 살까지 고등학교에 다닌다고 꼭 그렇게 살 필요는 없어. 다르게 살 수도 있지."

수아는 중얼거리며 침대로 가 몸을 눕혔다. 눕자마자 잠이 쏟아졌다. 왜 이렇게 졸린 건가, 그동안 수아는 1시 이전에 잠을 자본 적이 없었다. 학원 수업이 끝나면 집에 와서 예습과 복습을 하고 거의 1시 넘어 잠자리에 들었다. 임신하면 잠이 많다던데…… 벌써 임신 때문에 몸에 변화가 나타나면 공부에 큰 타격을 입을 것만 같아 더럭 걱정이 밀려왔다.

"타격을 입는 정도가 아니라 아예 못할 수도 있지. 하지만 하는 데까지는 할 거야. 나한테 공부를 못한다는 건 정말 끔찍한 일이야."

수아는 12시인 것을 확인하고 휴, 하고 안심했다. 충분히 잠이 올만한 시간이었다. 하지만 공부 리듬을 위해서라도 그냥 잘 수는 없었다. 애써 잠을 쫓고 일어나 앉았는데 스마트폰에 진동이 울렸다.

special

문 열어.

수아는 잠이 싹 달아나 벌떡 일어섰다. 그 사이 문자가 또 왔다. 빨리, 두 글자다. 수아가 현관문을 열자 이리구가 들이닥치며 물었다.

"임신이라니?"

이리구는 운동화도 벗지 않고 현관에 선 채로 말했다.

"테스트 해 봤는데 임신으로 나왔어요."

"너 공부는 잘하면서 배란일 계산도 못 해?"

이리구 표정이 얼음장처럼 차가워서 금방이라도 와장창 깨질 것만 같았다. 수아는 머릿속으로는 어차피 배란일이라고 하는 것이 딱 들어맞지 않는다는 말과 콘돔을 쓰지 않은 건 오빠잖아요, 라는 말이 떠올랐는데 그 말을 하지 못했다. 이리구가 어쩔 줄 모르겠다는 듯 두 손을 머리까지 올렸다 툭 떨어뜨렸다. 안 그래도 하얀 이리구의 얼굴이 더 하얘져 겁에 질려 있는 것도 같고, 화난 것 같기도 했다.

"수술해."

"수술이요?"

"낙태 수술 말이야."

수아도 낙태를 생각하지 않은 건 아니다. 방금 김인영 동영상을 볼 때도 낙태가 맞다고 생각했다. 김인영처럼 살 자신이 없었다. '십대부부'를 볼 때는 조금 달랐다. '십대부부' 처럼만 살 수 있다면 굳이 낙태하지 않아도 되지 않을까. 수아가 선뜻 말을 못 하자 이리구가 주먹을 꽉 틀어쥐었다 뿌리듯 펼쳤다.

"너 임신했다며? 그런데 뭐. 왜?"

"무서워서……. 벌써 16주가 넘었어요."

"너 설마 망설이니?"

"오빠 생각을 알아야 할 것 같아서요. 혹시 오빠가……."

"내가 뭘 알아야 하는데? 너 열일곱 살이고 나 열아홉 살이야. 그럼 답이 뻔하지 않냐? 너 설마 이런 문제도 못 풀어서 전전긍긍하는 거야? 아니면 나 엿 먹이려고 일부러 징징대는 거니?"

"그게 아니라, 오빠가 이 사실을 안 지 몇 시간 안 되었잖아요. 그러니까 생각할 시간이 필요하지 않을까 싶기도 하고요."

"생각할 게 없지."

이리구는 긴 말 하고 싶지 않다는 듯 짧게 끊어 말했다.

"만약 오빠가 괜찮다면 아기 낳을 수 있을 것 같아요. 오빠 고 3이니까 지금 당장은 어쩔 수 없겠지만 미래를 약속해 준다면 나 얼마든지 아기 낳아 키울 수 있어요."

수아는 말을 해 놓고 스스로 놀랐다. 마치 준비하고 있었던 것처럼 말이 술술 나왔다. 실은 깊이 생각해 볼 여유도 없었는데. 그러나 해 놓고 보니 잘했다 싶었다. 여러 경우의 수를 놓고 봤을 때 이리구의 의중을 다양하게 떠보는 것도 필요하니까.

"너 날 사랑이라도 한 거야?"

'뭐라고, 이게 무슨 말이지?'

수아는 이리구가 오는 시간이 되면 두근거려 손바닥으로 가슴을 누르고 있었다는 말을 할까 하다가 그만두었다. 어떤 말도 입 밖으로 흘려보낼 의욕이 싹 사라졌다. 이리구는 얼굴을 심하게 일그러뜨렸다. 너 때문에 내가 곤란해졌잖아, 하는 피해자의 표정이었다.

"아, 됐고. 나 이젠 여기 안 와."

이리구가 바지 뒷주머니에서 봉투를 하나 꺼내더니 바닥에 놓았다. 그리고 바로 돌아서 현관문을 밀고 나갔다.

2○○1년 9월 10일 금요일 맑음

파프리카를 담은 바구니를 나를 땐 손수레를 이용한다. 일륜 거라고 불리는 이 손수레는 바퀴가 하나라서 고랑을 오고 가기에는 제격인데 반면 균형을 잘못 잡으면 넘어지기 일쑤다. 파프리카를 싣고 가다가 엎기라도 하면 파프리카가 깨지고 물러서 상품 가치가 떨어져 버린다. 그래서 바구니 나르는 일은 내가 맡아서 한다. 물론 나도 실수할 때가 있다. 주로 욕심껏 바구니를 많이 실었을 때 그런 일이 벌어진다. 그럴 땐 힘센 남자 일꾼이 있으면, 하고 생각할 때가 있다.

남자 일꾼을 쓰고 싶어도 그게 쉽지 않다. 내가 여자라는 이유로. 여자도 그냥 여자가 아니지 않은가. 동네 사람들은 나를 젊은 과부라고 부른다. 별로 유쾌한 말은 아니지만 틀린 말도 아니다.

젊은 과부가 남자랑 이야기만 길게 나눠도 이상한 소문이 난다. 웃기라도 하면 대형 사고다. 처음엔 멋모르고 태국 남자들을 일꾼으로 몇 번 썼는데 뒷골 할머니가 일부러 찾아와 물었다. 남자 일꾼 쓰냐고. 그 할머니는 내가 걱정되어 미리 귀띔해 준 건데, 그 말 한마디로 여러 가지 상황이 짐작되었다. 그다음부터는 절대로 남자 일꾼은 쓰지 않는다.

오늘도 납품 시간을 맞추느라고 파프리카 바구니를 욕심껏 실었더니 폭삭 옆으로 쓰러뜨리고 말았다. 울상을 짓고 있는 나에게 자스민이 일손을 멈추고 뛰어왔다. 자스민이 나에게 투덜거리며 말했다. 조금씩 여러 번 나르면 되지 않느냐고. 맞는 말인데 내가 마음이 좀 급했다. 그리고 늘 하던 생각인데 그 정도쯤은 거뜬하게 실어 나를 수 있을 것만 같았다. 슈퍼맨 같은 힘을 가져보고 싶은 나만의 희망 사항일지도 모르겠지만.

나는 쪼그리고 앉아 파프리카 상자를 들어 올리고, 자스민이 상자를 열어 깨진 파프리카를 골라냈다. 그러면서 또 한 번 잔소리를 했다. 아까워서 어쩌느냐고 발까지 동동 굴렀다. 이럴 때 보면 자스민은 참 인간미가 있다. 내 일을 자기 일처럼 생각하고. 현명하기까지 하다. 자스민 말대로 힘센 남자 일꾼을 찾을 게 아니라 조금씩 여러 번 나르면 된다. 시간이 없으면 더 부지런히 움직이면 되지, 새삼 반성이 되었다.

멀쩡한 파프리카만 골라 담아 열 상자 만들어 무사히 납품했다. 오늘 주요 일과는 끝.

집에 돌아오니 저녁 8시. 저녁 식사로 누룽지를 끓여 먹었다. 어제 담근 열무김치랑 먹었더니 속이 개운하고 좋다. 우리 수아도 열무김치 좋아하는데. 수아에게 줄 열무김치는 더디 익으라고 담그자마자 김치 냉장고에 넣어 놓았다.

수아는 요즘 무슨 반찬하고 밥 먹지? 수아를 안 본 지 꽤 된 것 같다. 내가 언제 수아에게 갔던가. 그때 갖다 준 반찬은 다 먹었겠지. 아무리 생각해도 지난 주말에 수아한테 안 간 것은 큰 잘못이다. 내 짐작으로는 모의평가도 봤으니 수아가 내려올 줄 알았다. 그래서 기다렸더니만. 통화해 볼까, 하고 전화기를 들었는데 9시 반이다. 한창 학원에서 공부할 시간이다. 이따 학원 끝날 시간에 하기로 하고 전화기를 내려놓았다. 이러다 그냥 자 버리면 또 못 하는 거다. 에고! 이렇게 허전할 수가 없다. 이런 기분이 들 때마다 이 근처 고등학교에 보낼 걸, 하는 생각이 든다. 내가 옆에 끼고 살아야 마음이 편한 건데. 수아가 똑똑하고 야무지지만 늘 걱정이 앞선다.

그나저나 이번 주엔 내려오려나?

03
갈증

교복을 입은 여학생이 걸어가고 있다. 뒷모습만으로도 수아는 자기라고 생각한다. 여학생의 앞모습이 보인다. 배가 불룩하다. 수아는 몸이 무겁다고 생각한다. 숨이 거칠어지고, 걸음이 느려진다. 앞에 교문이 있다. 학교라고 생각하는 순간, 아이들이 모여든다. 한 아이가 말을 건다.

"소수아, 뭐해?"

"지각하겠어. 어서 서둘러."

아이들 눈에는 수아의 배가 보이지 않는 모양이다. 속으로 안심하는데 수아의 몸은 자꾸만 티를 내고 있다. 빨리 걷고 싶어도, 가뿐한 척 움직이고 싶어도, 도무지 말을 안 듣는다. 발은 점점 무거워지고 기어이 바닥에 붙은 듯 요지부동이다. 아래로 축축 늘어지는가 싶더니 길바닥에 풀썩 주저앉아버린다.

'아, 어떻게 해. 나도 학교에 가야 하는데…… . 진이야, 도와줘.'

소리 지르고 싶다. 하지만 말은 입 밖으로 나오지 않고, 몸은 길바닥에 붙어 꼼짝하지 않는다. 진이가 수아 옆으로 지나쳐 뛰어간다. 부르고 싶은데, 목소리가 나오지 않는다.

교문 닫히는 소리, 철컹.

천 길 낭떠러지로 떨어지는 기분이다. 그리고 몸부림.

눈을 떴을 때 아침이었다. 배를 만져보니 꿈에서처럼 그렇게 부르지는 않았다. 다행이다 생각하며 숨을 몰아쉬었다. 이마에 달라붙은 머리카락을 손바닥으로 문지르듯 쓸어냈다. 시계를 보니 9시였다. 불과 지난주까지만 해도 이 시간이면 공부하고 있을 시간이었다. 수아는 침대에 앉은 채 책상을 바라보았다. 컵 홀더가 눈에 들어왔다. 처음 아메리카노를 테이크아웃해 왔을 때 보관하려고 연필꽂이 용 컵에 끼워놓았던 거다. 한참 컵 홀더를 바라보고 있던 수아는 그 앞에 돈 봉투로 시선을 옮겼다.

"빠를수록 좋겠지."

목이 말랐다. 냉장고에서 생수병을 꺼내 물을 벌컥벌컥 들이켰다. 책상 앞으로 와 앉았다. 토요일 오전은 수학 공부하는 시간이지, 중얼거리며 책꽂이에서 수학 문제집을 빼 펼쳤다. 아직 씻지도 않은 상태로 문제를 풀 생각은 없었지만 무심코 문제를 읽었다. 글자들이 머리 밖에서 겉도는 느낌이 들어 한 번 더 읽었다. 이상했다. 수학 문제를 연습장에 베껴 놓고 머리에 들어올 때까지 읽어 보았다. 읽고 읽어도 글자만 읽을 뿐 무엇을 묻는 질문인지 전혀 와 닿지 않았다.

'그때랑 비슷해.'

어렸을 때, 초봉리 친구들은 가끔 수아를 혼란에 빠뜨리곤 했다. 자기들끼리 하는 말을 언뜻 들었는데, 부모님이 수아랑 놀지 말랬다고 했다는 거다. 수아는 이유를 묻고 싶었지만 그러기도 전에 옆에 있던 친구들이 자기네 엄마도 그랬다고 했다. 그러고는 저희끼리만 다른 곳으로 가며 수군거렸다. 그만 기가 죽은 수아는 자기가 뭘 잘못했는지, 열심히 점검했다. 혹시 자기도 모르게 누구를 흉보았나, 놀다가 반칙을 했나, 거짓말을 했나, 등등. 아무리 생각해도 딱히 잘못한 게 없었다.

다행인 것은 그 친구들이 학교에서는 덜 그랬다는 거다. 수아가 공부를 잘해서 그런 건지도 모른다. 그렇다면 공부를 더욱 잘해야겠다고 결심한 적도 있었다. 하지만 수아가 공부를 잘하는 것도 그 친구들의 부모들에겐 미운털이었던 것 같았다. 한 번은 곧잘 하네, 하는 말을 들은 적이 있었다. 곧잘 하는 정도가 아니라 늘 1등인데도. 수아는 '곧잘'이라는 말이 나쁜 말은 아니지만 자기를 깎아내리려는 의도란 것을 느꼈다. 그 무렵, 수아에게 글자가 머리에 들어오지 않는 증상이 생겼다. 지금처럼.

'오래 가지는 않을 거야.'

일단 긍정적으로 생각했다. 어렸을 때도 잠깐 그러다 말았으니까.

수아는 오전을 하릴없이 보내고, 아점으로 대충 밥을 차려 먹었다.

"엄마한테나 가야겠다."

뭐가 됐든 결정을 해야 하는데 이처럼 머릿속이 하얘질 수가 없었다. 누구 한 사람이라도 의견을 보태주는 사람이 필요했다. 그 사람은 단연 엄마 이지영이다. 아직은 말할 자신이 없지만. 이지영 모르게 이리구가 원하는 대로 해버릴 수도 있는 일이다. 그것이 여러 사람을 평온하게 하는 방법이라는 생각도 들었다. 대신 아기는 생명을 잃게 된다. 지금 이 순간도 물을 달라고 하는 아기. 수아는 생수병을 따면서 물이 마치 생명수 같다는 생각을 했다.

책가방에서 교과서와 참고서는 꺼내고 재미있게 읽었던 소설책을 한 권 넣었다. 서랍장에서 티셔츠 한 장과 속옷 한 벌도 꺼내 돌돌 말아 지퍼백에 넣었다. 그것을 가방에 넣고 나서 좀 전에 꺼내 놓았던 책 중에서 영어 참고서를 다시 넣었다.

지산읍으로 가는 시외버스는 승객이 꽤 있었다. 수아는 버스한 대를 보내고 다음 버스에 올라 맨 뒷자리로 가 앉았다. 뒷좌석 두어 자리만 빈 채 버스가 출발했다. 곧 이지영을 만난다고 생각하니 머릿속이 복잡해졌다. 또 갈증이 일었다. 물을 마시고 나니 아랫배가 신경 쓰였다. 어쩐지 오늘 유난히 불룩해 보였다. 티셔츠 앞자락을 가지런히 정리해 보았다. 일부러 두께 감 있는 헐렁한 티셔츠로 골라 입은 건데 몸을 잘 가려주는 것 같긴 했다. 청바지 허리가 조금 끼이는 듯한 느낌이 들어 조금 불편하긴 했지만.

수아는 자기 앞에 놓인 두 갈래 길에 대하여 생각하기 시작했다. 낙태할 경우와 아기를 낳을 경우. 먼저 아기를 낳을 경우부터 따져보았다. 만약 그 길을 선택하면 휴학을 해야 할 것이다. 휴학이라는 말과 함께 닥쳐올 고된 일들이 그려졌다.

'엄마가 이해해 줄 수 있을까.' 그렇지 않으면 시설을 알아 봐야 할 거다. 미혼모 보호센터라든지. 아기를 낳은 다음엔, 그건 좀……. 잠시 머릿속이 깜깜해졌다. 이내 생각을 깨웠다. 아기를 키우기 위해선 돈을 벌어야 하므로 아르바이트를 해야 한다. 아르바이트할 동안 아기를 어디에 어떻게 맡겨야 할까. 그다음부터 또 깜깜해졌다. 복학할 여유는 있을지 모르겠다. 만약 고등학교를 중퇴한다면, 그 학력으로는 평생 제대로 된 일자리를 구하지 못할 것은 불을 보듯 뻔한 일이다.

'학교는 다녀야 해.'

수아는 다시금 이지영을 떠올렸다.

이지영의 도움 없이는 힘들 것 같은데, 어쩐지 그건 현명한 생각이 아닌 것 같았다. 이지영의 동의를 얻어 저지른 일도 아니고, 더군다나 이지영으로서는 절대로 바라던 일이 아닐 테니까.

'요즘은 지자체에서 출산장려금을 준다는 이야기를 들은 적이

있는데······.'

미혼모 검색하다가 언뜻 본 기사가 기억이 났다. 다시 검색해 보니 첫째 아기일 경우 약 30만 원 내외로 지급된다. 같은 서울이라도 구마다 다르고, 지방도 지방마다 다 다른데 서울보다는 많이 주는 편이다. 지산읍만 해도 출산장려금으로 50만 원에 양육수당으로 매달 10만 원 정도가 지급된다. 미혼모일 경우, 양육비를 매달 50만 원씩 준다는 곳도 있다.

'출산 장려금에 각종 지원금이 있으니까 방과 후에 알바 좀 하면 아기를 키울 수 있겠지.'

그 생각을 묵살하듯 다른 기사가 눈에 들어왔다.

정부에서 아동 양육비, 생계비, 주거양육비, 생활비 등 이런저런 명목으로 지원금을 챙겨주긴 하는데, 미혼모가 경제활동을 하여 받게 되는 금액이 월 155만 원을 넘으면 지원받을 수 없다는 내용이다. 현재 시간당 최저임금은 9,160원으로, 월 기준 근로시간(209시간)을 적용해 한 달 급여로 환산하면 190만 원쯤 된다. 이렇게 최저임금을 받아도 한 부모 지원 소득의 한계점을 넘기게 된다. 결국 지원금에 만족하고 아기만을 돌보며 사느냐, 자기가 벌어서 아기를 양육하느냐의 결정을 해야 하는 셈이다. 경제적인 것으로만 따지면 155만 원대 190만 원이 되는 셈이다. 190만 원 쪽이 더 나은 것 같지만 그런 일자리를 구하기도 쉽지 않을 것이고, 구한다 해도 일하는 동안 아기를 맡길 비용을 계산하면 별반 나은 구석도 없어 보였다.

'양쪽 다 학교에 다닐 틈은 안 보여.' 반대로 낙태를 한다면. 그건 비교적 간단하다. 이리구가 준 돈으로 병원을 찾아가 수술을 받는 것이다. 다음주 토요일에 수술을 하고 일요일 하루 쉰 다음 월요일에 학교에 가면 된다. 복잡할 것도 힘들 것도 없다. 새삼 생명을 지우는데 이토록 간단하다는 사실이 놀라웠다.

간단하고, 쉽고, 빠르다는 것. 이런 점들은 열일곱 살 수아를 끌 만한 조건들이었다. 자기 생활에 거의 지장을 줄 것 같지도 않고, 아무렇지 않게 감쪽같이 고교 생활을 할 수 있을 테니까. 고교 생활을 유지할 수 있다, 이 가정은 수아를 편안하게 했다. 더 정확한 표현으로는 그 가정에 기대고 싶었다. 생각이 그쪽으로 흘러가자 수아는 자기가 1학년 전체에서 1등이라는 사실이 소중하게 여겨졌다. 실은 모의평가 1등으로 발표되었을 때 오래지 않아 의미 없는 성적이 될 거라는 생각에 시큰둥했다. 낙태를 한다면 1등의 기쁨을 유지하면서 빛나는 우등생으로 계속 살 수 있으리라.

낙태로 생각이 기우는 가운데 시외버스는 지산읍 버스 터미널에 도착했다. 수아는 터미널 뒤편에 있는 버스 정류장으로 갔다. 초봉리로 가는 버스 시간표를 보니 20분이 남았다. 무작정 떠난 것치고는 시간이 잘 맞아 떨어졌다.

정류장에 놓인 벤치로 가 앉았다. 딱히 눈 둘 곳도 없고 해서 스마트폰을 꺼냈다. 검색 사이트에 최근 검색어로 임신, 낙태, 미혼모 말고도 그 아래로 낙태죄 폐지, 낙태죄 위헌, 낙태죄 폐지 반대 등 낙태죄에 대한 글들이 펼쳐졌다.

'낙태죄? 낙태가 죄인가?'

무심코 지나쳤던 말이 가슴에 턱 걸렸다. 낙태에 죄라는 말이 붙으니, 마치 어떤 물건을 만들다가 흠집이라도 낸 것처럼 느껴졌다.

'불량을 냈으니 죗값을 받아야 한다는 말인가?'

수아는 그건 아닌 것 같은데, 하며 마음이 가는 제목을 열었다. 낙태죄 폐지, 이 글은 임신부의 자기결정권과 산모의 건강을 우선시하는 입장이다. 당연하다 생각하며 그 반대 입장인 '낙태죄 폐지 반대'를 읽었다. 이 글은 태아의 생명 존중을 강조하고 있었다.

'내가 지금 힘들어하고 있는 게 이것 때문인 것 같은데…….'

지독한 갈림길에 들어선 기분이 들었다. 또 갈증이 일었다. 가방을 뒤적여 새 생수병을 꺼냈다. 물을 마시는데 갑자기 얼굴에 그림자가 드리워졌다. 돌아보니 뒷골 할머니와 명자네 할머니가 다가와 있었다.

"수아 아녀?"

뒷골 할머니가 수아를 바로 알아보았다.

"네, 할머니. 안녕하셨어요?"

명자네 할머니도 수아에게 인사치레로 한마디 건넸다.

"소이농장 딸이구먼? 에미 혼자 잘 키웠네."

수아는 뭐라 대답하기도 그렇고 해서 고개 숙여 절하는 것으로 대신했다.

"공부도 얼마나 잘 한다고. 애 엄마가 야무지게 잘 키웠어."

두 할머니가 수아가 내어 준 자리에 앉았다. 할머니들은 앉자마자 나물 값을 잘 받았다는 둥 너무 깎아 주었다는 둥 나물 판 이야기를 주고받았다. 소일 삼아 딴 거니까 싸게 줘도 괜찮다는 명자네 할머니, 다듬느냐고 손이 많이 갔다고 500원은 더 받아야 한다는 뒷골 할머니. 잘 다듬은 고구마순 한 꾸러미를 3,000원에 판 모양이었다.

버스가 들어왔다. 수아는 뒷골 할머니 배낭을 들고 할머니들 뒤에 섰다. 뒷골 할머니보다는 젊은 명자네 할머니는 벌써 배낭을 가뜬하게 짊어지고 맨 앞에 섰다. 할머니들은 버스에 오르자마자 앞자리를 차지하고 앉았다. 수아는 들고 있던 배낭을 뒷골 할머니 발 옆에 밀어 놓고 뒷문 근처 자리로 가 앉았다. 그때 명자네 할머니의 혀 차는 소리가 들렸다. 늘 그런 식이다. 뒷골 할머니가 명자네 할머니에게 그러지 말라고 눈치를 주고 있었다.

수아는 동네 어른들이 자기만 보면 왜 그러는지 알 수 없었다. 홀어머니의 자식이라서 그런가. 다시금 아기 생각이 났다. 만약 수아가 혼자 아기를 낳아 기르면 사람들은 그 아기에게도 혀를 차겠지. 아마 더하면 더했지 덜하지는 않을 것이다. 적어도 이지영은 미혼모는 아니었으니까.

명자네 할머니는 또 무슨 말을 하고 싶은지 얼굴을 뒷골 할머니 어깨 위로 바짝 들이댔다. 그 모습을 보고 있자니 속이 울렁거렸다. 차멀미인지 입덧인지, 점점 심해져 식은땀이 목을 타고 흘렀다. 수아는 얼른 정류장을 헤아려봤다. 초봉리까지 두 정류장쯤 남았다. 한 정류장쯤은 걸어도 되겠다 싶어 바로 다음 정류장에서 내려버렸다. 버스가 가고 수아는 길가로 가 서서 심호흡을 했다. 눈앞에 금계국이 어른거렸다. 목덜미와 겨드랑이가 젖어 척척했다. 걸으면 나을까 싶어 걷기 시작했다. 몇 걸음 걸었을까, 수아는 힘이 풀린 다리를 접어 쪼그리고 앉았다. 속엣것을 토해내고 싶었다. 손바닥으로 배를 눌러 보았지만 나오는 것은 없었다. 두어 번 더 시도해 보고 일어섰을 때, 다행히 한결 울렁임이 잦아들었다. 고개를 드니 들판 한가운데에 소이 농장이 보였다.

'비닐하우스 하얀 등만 보여도 좋아서 뛰곤 했는데……'

수아는 간신히 차 한 대 다닐 수 있는 들길을 걸어 소이농장 앞에 다다랐다.

"엄마."

파프리카 선별 작업을 하고 있던 이지영이 깜짝 놀라 일어났다. 수아를 향해 뛰어오는 이지영의 얼굴이 환해졌다. 안 그래도 올 줄 알았다며 목장갑을 벗고 두 팔을 활짝 벌렸다. 수아는 이지영의 품에 안겼다. 이지영이 손바닥으로 수아의 등을 쓸었다. 수아는 불과 몇 달 전과 지금의 기분이 사뭇 다르다고 느꼈다. 한없이 포근하고 편안해야 할 포옹에 설핏 불안감이 끼어드는 것이다.

"셔츠가 다 젖었네. 덥지? 선풍기 앞에 앉아 있어."

이지영이 의자에 앉은 먼지를 목장갑으로 닦았다.

"엄마, 바쁘지? 내가 도와줄까?"

"아냐, 아냐. 거의 끝났어. 그런데 너 왜 이렇게 해쓱하니? 기운도 없어 보이고, 음료수 좀 줄까?"

"아니, 물 마셨어."

"그럼 잠깐 기다려."

이지영이 수아를 의자에 앉히듯 어깨를 누르고, 작업장을 향해 외쳤다.

"자스민, 선별 작업 한 것 세 박스는 되지?"

작업장에 외국인 노동자 세 명이 파프리카 선별 작업을 하고 있었다. 그중 자스민이 일어나 파프리카 상자를 세더니 다섯 상자나 된다고 말했다. 자스민은 일손이 엽렵하고 우리말이 능숙해 특별히 이지영이 좋아하는 필리핀 아가씨다. 수아가 가볍게 목례로 알은체하자 자스민도 눈웃음으로 인사했다.

이지영이 파프리카 상자를 트럭에 실으며 말했다.

"너 집에 데려다 주고 엄마는 지산읍에 있는 마트 세 군데만

빨리 배달하고 올게."

"아니. 나도 같이 갈래."

수아는 이지영이 말릴세라 얼른 트럭 조수석에 올랐다. 왠지 혼자 있기가 싫었다. 혼자 있으면 또 무수한 생각들이 수아를 괴롭힐 것이다.

이지영은 자스민과 아주머니 두 명에게 5시 되면 퇴근하라고 이르고 트럭에 올라탔다.

"좋다. 오늘 읍에 나간 김에 외식할까? 요즘 새로 생긴 파스타 집이 있어."

"진짜 시골에 파스타 집이 있어?"

"시골이라니. 지산읍이 얼마나 번화해졌는데."

"봉골레도 있겠지? 나 그거 먹고 싶어."

"먹자. 지나가다 봤는데 주차장에 차가 많더라. 맛집인가 봐."

"혹시 그 식당에 파프리카 납품하고 싶어서 가자는 거 아냐?"

이지영이 아차, 하고는 트럭에서 내리더니 파프리카 한 박스를 더 가지고 왔다.

"똑똑한 수아 덕분에 오늘 한 군데 뚫었다."

수아와 이지영이 탄 트럭은 소이농장을 출발하여 들길을 달렸다. 들길을 벗어나 아스팔트 길로 올라섰을 때 이지영이 핸들을 왼쪽으로 돌렸다. 초등학교 때 통학길이 나왔다.

"예쁜 것 보여줄게."

이지영이 창문을 내려주었다.

"우와, 코스모스네. 이 길은 예전에도 코스모스 길이었어. 진짜 예쁘다."

"7월부터 드문드문 피기 시작하더니 지금은 완전 만개다. 요즘 내가 제일 좋아하는 길."

"코스모스가 여름꽃인지 가을꽃인지 모르겠어."

"올핸 5월 말에 핀 것도 봤다. 여튼 꽃을 길게 보니까 좋지 뭐."

"맞아. 꽃은 언제나 다 예뻐."

"여기까지가 일부러 돌아간 길."

이지영의 말이 끝나기가 무섭게 트럭은 방향을 틀었다. 지산읍으로 가는 큰길이 나오자 트럭이 속력을 내기 시작했다.

"난 이 플라타너스 길도 좋아."

길을 따라 플라타너스가 줄지어 서 있었다. 숱 많은 머리처럼 무성한 잎들은 더없이 짙푸르렀다.

"요즘은 다 좀 빠르더라. 5월이면 잎사귀가 거의 다 자란 것 같아. 그래서 그런지 초록 기간도 길어. 엄마가 농사꾼이라서 그런지 여름이 긴 게 좋아."

이지영이 하하 웃으며 이어서 말했다.

"내가 수아를 봐서 너무 좋은가보다. 수다를 막 떨고 말이야."

"엄마를 보니까 내가 더 좋지."

수아는 요즘은 다 좀 빠르더라, 이 말이 가슴에 남았다. 달리

말하면 그 말에 의지하고 싶다고나 할까. 이지영처럼 객관화시켜서 보면 그저 자연 현상의 한 부분일 뿐이다. 그러면 복잡할 것도 없다. 수아는 자신의 임신도 네 일도 내 일도 아닌 객관화시켜 보면 어떨까, 하고 생각했다. 그러면 그럴 수도 있는 일이지 않을까. 그동안 수아의 주변을 이루고 있던, 당연했던 여러 가지 환경은 걷어내고 닥쳐올 새로운 환경에 적응하면 되지 않을까. 철 이른 코스모스처럼 또는 일찍 짙푸르러진 플라타너스처럼.

파프리카 배달을 마치고 둘은 파스타 레스토랑으로 갔다. 생각보다 멋지게 꾸며진 곳이라 입구에서 이지영이 멈칫 서서 자기 차림새를 점검했다. 수아가 그럴 필요 없다는 듯 이지영의 팔을 끌어 안으로 들어갔다. 수아와 이지영은 창가 쪽 자리에 앉아 봉골레와 포모도로를 주문했다. 음식이 나올 때까지 수아는 물을 두 컵이나 마셨다. 이지영은 그렇게 덥냐며 물을 더 따라 주었다.

"왜 이렇게 더위를 타? 9월 되면서 더위도 한풀 꺾였고만."

이지영이 수아의 얼굴을 살피며 덧붙여 말했다.

"고등학생이 되니까 힘들지? 얼굴이 까칠해졌어."

"또 그 말."

수아는 임신 때문에 또는 그거 고민하느냐고 해쓱해졌을 거라고 생각하고 얼른 이지영의 관심을 다른 데로 돌렸다.

"방학특강에 모의평가에, 정신없었어. 엄마, 나 몇 등 했을 거 같아?"

"음, 글쎄."

이지영이 알만하다는 듯 빙글빙글 웃었다.

"13등 했어."

"13등? 네가?"

이지영이 믿을 수 없다는 듯 놀란 눈을 했다.

"전국에서. 학교에선 1등."

"그럼 그렇지."

이지영이 안심했다는 듯 가슴을 쓸어내렸다.

"엄마 그거 알아? 나 고등학교 배치고사 1등 해서 1반 되었다는 거. 난 정말 몰랐는데 애들이 그러잖아. 웃기지?"

"웃기긴. 1등 했으니까 1반, 당연한 거지."

그런가, 하며 수아가 웃었다. 일부러 명랑해지려고 꺼낸 말이지만 효과는 별로 없었다. 속은 여전히 편하지 않았다. 매 순간 임신이라는 단어가 떠올라 괴로웠다. 중간중간 이리구 생각까지 곁들여 수아의 가슴 언저리를 긁어댔다. 이지영이 수아의 불편함을 읽고 있을지, 수아는 혹시나 싶어 또 괴로웠다. 배 속까지 별로였다. 물을 하도 많이 마셔서 그런지 속이 더부룩했다. 수아는 그냥저냥 면을 쓸어 입에 밀어 넣었다. 기어이 화장실에 갔다 왔을 때 이지영은 파프리카 박스를 든 채 주방을 기웃거리고 있었다.

결과야 어떻든 간에 이지영은 가벼운 걸음으로 트럭에 올라탔다. 둘은 다시 초봉리로 향했다. 트럭에서 수아는 식당에서 담아온 물을 다 마셨다. 마을이 가까워지자 멀리 느티나무의 머리끝이 보였다. 하늘에 커다란 아치를 그리고 있는 느티나무는 언제나 늠름하고 멋졌다.

"나 잠깐 느티나무에 갔다 올게."

"곧 어두워질 텐데?"

이지영이 어둠의 농도를 가늠하듯 차의 속도를 늦추며 차창 밖을 내다보았다.

"소화시킬 겸. 금방 들어갈게."

느티나무 주위는 바람결부터 달랐다. 바람이 많지 않는 날에도 느티나무에 오면 시원했다. 저 많은 나뭇잎들이 조금만 일렁거려도, 그 작은 흔들림은 가지 사이사이로 돌아다니며 여러 줄기의 바람결을 이루어 주기 때문이다. 머리카락이 바람을 타듯 너울거렸다. 시원하고 상쾌했다.

'나 혼자 감당할 수 있을까.'

수아는 느티나무를 올려다보며 속으로 말했다. 나뭇잎이 반짝반짝 흔들리며 바람을 일으켰다. 시원한 바람으로 자기를 위로하는 거라고 생각하고 싶었다. 멀리 들판 끝에 주황빛 노을이 드리워져 있었다. 수아는 느티나무 둥치로 가 앉아 붉은 빛이 차츰 사라지는 하늘을 넋 놓고 보았다. 얼마 동안 있었을까. 수아는 내가 결정해야지, 내 결정이 중요하지, 하고 둥치에서 일어났다.

수아는 느티나무 곁을 떠나면서 속으로 빌었다.

'남들에게 없는 시간을 갖고 싶어. 1년 정도만.'

2○○1년 9월 12일. 일요일, 맑음.

어제 수아가 왔다. 하룻밤 자고 오늘 오후에 서울에 올라갔다.

그런데 이상하다. 얼굴이 너무 안돼 보였다. 고교생활이 힘든
가. 물은 또 왜 그렇게 마셔대는지. 그건 더워서 그렇다 치더라도
안 하던 짓까지 했다. 납품하러 가는 나를 따라나서다니. 초봉리
에 오면 농장에 들러 인사만 하고 곧장 집으로 가서 공부하던 아
이인데.

집으로 돌아오는 길엔 느티나무에도 갔다. 곧 어둑해질 텐데
왜 거길 가겠다고 하는 건지 모르겠다. 한참 기다려도 안 오기에
마당에 나가 기다렸다. 수아가 느티나무 둥치에 앉아 들판 쪽을
바라보고 있었다. 생각에 잠긴 것 같았다. 공부 고민일 리는 없
고 남자친구가 생긴 걸까. 설마. 저 공붓벌레가 남자친구를 사귈
리가. 그래도 만약 수아에게 남자친구가 생긴다면……. 끼리끼리
논다고 수아랑 비슷한 남학생을 만나겠지. 둘은 늘 공부 이야기
만 할 텐가. 생각만 해도 재미있겠는걸.

그런데 아무래도 이상했다. 수아는 집에 들어오자마자 또 물 한
컵을 들이켰다. 그것도 아주 정성껏. 물 한 방울 남기지 않고. 내가

그렇게 덥냐고 물으니 간단히 응, 하고 대답했다. 그렇게 물을 마셔대다가 붕어 되겠다고 하니 한번 웃고는 방으로 들어갔다.

그렇게 방에 들어가고 한참 동안 나오지 않았다. 공부하겠지 싶었다. 보통은 잔다고 하고는 밤늦게까지 공부했으니까. 그런데 어젠 아니었다. 영어참고서를 얼굴에 올린 채 잠이 들어 있었다. 공부를 그런 식으로 하는 아이가 아닌데. 수아는 늘 바른 자세로 앉아 정해진 분량만큼 딱 채우고 일어나는 아이다.

오늘 오전에 교회 갔다 오니까 수아가 집에 없었다. 혹시 느티나무에 갔나 싶어 마당에 나가 보니 거기에 있었다. 또 느티나무 둥치에 앉아 있는데 그 뒷모습이 여간 쓸쓸해 보이지 않았다. 분명 무슨 일이 있는 거다. 게다가 점심을 먹자마자 서울로 올라가겠다고 했다. 무슨 일 있냐고, 혹시 어디 아프냐고, 조심스럽게 물었다. 내 말에 살짝 놀라는 기색이더니 절대 아니라고 손사래를 쳤다. 내가 얼굴이 반쪽이 된 것 같다고 하니까 갑자기 반색을 했다. 자기가 다이어트 중인데 말라보이냐고 오히려 나에게 묻기까지 했다.

내가 다이어트 안 해도 충분히 날씬하고 예쁘다고 하니까 요즘은 깡마른 몸이 대세라고 했다. 여기서 더 말하면 잔소리가 된다는 것을 알면서도 노파심에 한마디 더했다. 아프면 엄마에게 빨리 말해야 한다고. 혹시 어디 아프더라도 초기에 치료하면 아무 문제 없으니 공연히 병 키우지 말라고. 결국 같은 말을 여러 번 한 셈이 되었고 영락없이 잔소리쟁이가 되어 버렸다.

수아가 서울에 올라간다고 나섰다. 내가 서울까지 태워 준다니까 싫단다. 짐짓 트럭이라서 창피하냐고 능쳤더니 오늘 4시 납품 건을 기억해 내 나에게 일깨워 주었다. 서울 가는 길에 납품해 주면 되고, 마침 열무김치도 갖다 주려고 한다니까 수아가 지친 표정을 지었다. 수아가 예전과는 사뭇 달라 보여 걱정이 되어 그런 건데 한편으로는 너무 집요하게 굴었나 싶어 미안했다.

수아가 곧 표정을 풀고 4시까지 못 기다린다고 했다. 어서 가서 공부해야 한다나. 납품은 4시 전까지만 해 주면 되는 거라 지금 출발해도 되는데, 수아가 원치 않는 것 같아서 이쯤에서 포기하고 지산읍 시외버스 터미널까지만 데려다주었다.

수아를 시외버스에 태워 보내고, 홍삼 대리점으로 갔다. 홍삼 한 상자를 다려 달라고 부탁했더니 내일 찾으러 오란다. 다리는 값으로 오만 원 더 주고 집으로 돌아왔다. 내일 홍삼을 찾아서 수아 원룸에 다녀와야겠다.

왜, 또?

월요일, 등굣길은 여느 때처럼 학생들로 북적였다. 수아도 진이와 그들 속에 섞여 걷고 있었다. 하필 이리구가 앞서가고 있었다. 그나마 다행인 것은 진이보다 수아가 먼저 이리구를 봤다는 거다. 수아는 걸음을 늦춰 이리구랑 멀어지려고 했다. 일단은 이리구의 눈에 띄고 싶지 않았다. 만약 이리구가 수아를 보게 된다면 낙태를 하고 등교하는 줄 알 것이다. 그렇지 않다는 것을 알게 된다면 어떤 반응을 보일지, 수아는 불편한 마음을 누르며 걸었다.

"리구 오빠다."

우려했던 일이 벌어졌다. 진이는 이리구에게 차였으면서도 여전히 그를 선망했다. 자기는 이리구에게 너무나 부족한 사람이니까 자기보다 훨씬 예쁜 여자 친구를 만나야 한다고도 했다. 이리구처럼 잘난 남자의 여자 친구가 되려면 예뻐야 한다? 여자를 판단하는 기준이 단지 외모라는 것이 못마땅했지만 진이는 그런 말을 종종했다. 그 논리를 굳게 믿고 있는 것 같았다. 믿고 싶은 건지도 모른다. 외모에 자신 있는 진이 입장에서는 그럴만하다고 수아는 이해했다. 하지만 이리구가 수아를 만나러 오기 시작할 무렵엔 진이의 말이 맞지 않을 수도 있다고 생각했다.

"말 걸어 볼까?"

진이가 출썩거렸다. 수아가 진이의 팔을 끌어당겨 이리구와 가까워지지 못하게 했다. 그러나 진이는 수아의 손을 뿌리치고 앞으로 쭉쭉 걸어갔다. 결국 이리구 옆으로 쓱 가더니 고개를 꾸벅했다. 수아는 그 모습을 뒤에서 지켜보며 보폭을 작게 줄였다. 진이가 뭐라고 말했는지 이리구가 뒤돌아보았다. 이리구의 눈이 커졌다. 못 볼 거라도 본 듯. 수아는 아랫입술을 깨물었다. 이리구의 발걸음이 눈에 띄게 빨라졌다. 이리구가 진이를 떼어버리고 앞서가자 진이는 그 자리에 서서 짜증난다는 듯 발을 한번 굴렀다. 지나가던 아이들이 진이를 흘끔거리거나 웃는데도 진이는 별로 신경 쓰지 않았다.

수아는 오래지 않아 이리구로부터 문자가 오게 될 거라고 짐작했다. 수아의 상황이 궁금해서라도 한 통 정도는. 지금은 아니고 수아 혼자 문자를 볼 여건이 되었을 때쯤 보낼 것이다.

special

했니?

예상대로 수아가 교실에 도착했을 때 이리구로부터 문자가 왔다. 차마 낙태라는 말은 쓰지 못하겠는지, 암호처럼 달랑 두 글자뿐이었다. 수아는 또 입안이 말라 갔다. 침을 몰아 삼키고 아직이요, 라고 답을 써 보냈다. 그런 다음 가방에서 텀블러를 꺼내 물을 마셨다.

special

왜?

소수아

고민되어서요.

special

이게 고민할 일이야?

수아는 간단히 '네'라고 썼다.

special

오늘 10시에 봐.

수아는 10시라는 시간에 대해 생각했다. 10시는 이리구가 즐겨 사용하는 시간이다. 이리구는 하루에 한 과목씩만 학원 수강을 하고 있다. 그 학원 시간이 8시에 시작해서 9시 20분에 끝나기 때문에 약속을 주로 10시로 정하는 것이다. 사실 약속이랄 것도 없다. 그냥 통보다. 수아는 하루에 두 과목씩 수강하고 있다. 8시에서 9시 20분, 9시 30분에서 10시 50분, 두 타임이다. 그러니까 10시면 수아로서는 한창 수업 중일 때이다. 수아는 흠, 하고 가늘게 숨을 몰아쉬었다.

소수아

알았어요.

special

원숭 바로 앞 카페.

카페라니, 이건 좀 의외다. 수아는 고개를 갸웃거리다 이내 알았다는 뜻의 이모티콘을 하나 보냈다. 1교시 수업 준비를 하려고 가방을 열었을 때 어제 프린트한 용지가 반쯤 나와 있었다. 텀블러를 꺼낼 때 따라 나온 것 같았다. 하필 진이가 그걸 보았다.

"필리핀 어학연수?"

진이가 용지를 꺼내 읽었다.

"줘."

수아가 진이 손에서 용지를 채 가방에 집어넣었다.

"어학연수 가려고? 겨울방학 때?"

"아냐."

"아니긴. 너 가면 나도 갈게. 같이 가자."

"친구랑 가면 영어 안 늘어. 계속 우리말로 대화할 거 아냐."

"흠, 그래서 혼자 간다는 거야?"

수아는 느티나무에서 남들이 모르는 시간을 갖고 싶다는 생각을 했다. 그 생각을 좀 더 개진해 봤더니 어학연수가 떠올랐다. 검색 순위 10위까지 필리핀 어학원이 차지했다. 생각보다 필리핀에 한국인이 운영하는 어학원이 많았다. 미국이나 유럽의 영어권 나라에 비하면 학비도 저렴하고, 기숙사에서 생활하기 때문에 생활에 대한 부담도 없다.

"그냥 길에서 주기에 받은 거야."

수아는 대충 둘러댔다.

"아, 그런 거야? 어쨌든 나 두고 어디 가지 마. 알았지?"

진이의 애교 섞인 엄포에 수아가 한번 씩익 웃어 주었다.

수아는 쉬는 시간마다 틈틈이 필리핀 어학연수에 대한 정보를 검색했다. 필리핀은 분쟁 지역이라 여행을 자제하라는 정보에 실망하기도 하고, 필리핀에서도 분쟁이랑 거의 상관없는 지역이 있다는 정보엔 반가웠다. 시설이 좋고 나쁘고를 떠나 일단 비용이 저렴하면 메모해 두었다.

수업이 끝나갈 무렵에 수아 스마트폰엔 문자 한 통이 들어왔다.

이지영

> **수아야, 나 너한테 간다.**

웬일인지, 수아는 멈칫했다. 어제도 봤으면서 왜 온다는 걸까. 정확히 언제 온다는 말인가, 다시 문자를 읽어 보았다. 아무래도 지금 오고 있다는 말 같았다. 혹시 자기가 한 말과 행동에서 엄마가 눈치 챌 만한 일이 있었던가. 수아는 어제와 그제 초봉리에서 있었던 일을 골똘히 떠올려 보았다. 딱히 그런 일은 없었다.

소수아

> 언제?

확인 차원에서 답문을 보내 보았다.

이지영

> 지금 거의 도착.

소수아

> 음. 나 학원 수업 듣고 가면 좀 늦을 거야.

이지영

> 수업 듣고 와. 기다리고 있을게.

수아는 조심스럽게 엄마의 의중을 떠보았다.

소수아

> 무슨 일 있어?

이지영

홍삼 갖고 왔어. 너 힘들어 보여서.

소수아

아~ 감사.

여느 때 같으면 수아의 일정은 7시까지 학교에서 자율학습을 할 거였다. 그런 다음 학원 근처 식당에서 저녁을 사 먹고 학원 수업을 들어야 했다. 그런데 오늘은 이리구가 10시에 만나자고 하니 또 한 타임만 듣고 나와야 한다. 실은 중간에 빠져나오는 것도 못 할 노릇이다. 그동안은 이리구를 만날 생각에 마지막 타임을 포기해 버렸지만. 그러면서도 들떴고, 못 들은 수업은 자습으로 보충하면 되지, 하고 긍정적이었다.

지금은 기분이 사뭇 달랐다. 이리구가 어떤 말을 할지 짐작이 되어서 그런지. 게다가 몸이 너무 피곤했다. 어딘가에 기대면 금방 잠이 쏟아질 것만 같았다. 차라리 학원에 가지 않는 편이 낫겠다 싶었다. 이지영이 오지 않았다면 원룸에 가 누워 있다가 약속 시간에 나가는 건데……. 수아는 일정이 꼬였다고 생각하며 책상에 엎드렸다.

"웬일이야?"

진이가 수아의 등을 톡톡 두드렸다. 수아가 고개를 들자 진이가 이런 모습 처음이야, 라는 표정을 하고 있었다. 그리고 한다는 말이 중간고사 순위에 변동이 있겠어, 였다.

"그럴 리가."

수아가 빙긋 웃으며 다시 엎드렸다. 진이의 갸웃거리는 표정을 다 보지 못하고 수아는 눈을 감아 버렸다. 잠깐 잔다는 것이 꼬박 한 시간 반을 자 버렸다. 진이가 깨웠을 때 벌써 7시였다. 이런 적이 없었는데, 내가 왜 이래, 수아는 민망함을 감추려 진이에게 핀잔 섞어 말했다.

"진작 깨우지."

진이는 펄쩍 뛰며 깨우면 자고 깨우면 또 잤다고 했다. 수아는 짐짓 민망해져 서둘러 가방을 챙겼다. 학원으로 가면서 진이는 요즘 무슨 일 있냐고, 어디 아픈 거 아니냐고 물었다. 수아는 밤새 공부했더니, 하고 말끝을 흐렸다. 잘난척하는 말 같지만 그 말이 가장 진이의 의심을 사지 않는 말이라고 생각했다.

학원에서 한 타임만 듣고 일어서는 수아를 보고 진이가 또 놀란 눈을 했다.

"엄마 오셨어. 내가 피곤해 하니까 홍삼 가지고 오셨대."

"너 진짜 어디 아프니? 틈만 나면 엎드려 있으니 말이야."

"아냐. 한 달에 한번 그럴 때 있잖아. 요즘 들어 심해졌어."

"시험 스트레스 때문에?"

"아마도."

"적당히 좀 해라. 누가 넘보지도 못할 만큼 단연 1등이면서."

수아는 진이에게 미안한 마음을 담아 방긋 웃어주고 강의실에서 나왔다.

이리구가 말한 원룸 앞 카페엔 늦은 시간인 데다 주택가라 그런지 손님이 없었다. 수아는 카페에 들어가기 전 원룸을 올려다보았다. 불이 켜져 있었다. 혹시 이지영 눈에 띌까 싶어 얼른 돌아서 카페로 들어갔다.

카페엔 손님이 없었다. 수아는 안쪽으로 가 앉았다. 아무것도 안 하고 있자니 손이 심심하여 스마트폰을 열었다. 검색 사이트를 터치했더니 최근 검색어인 필리핀 어학연수가 떴다. 이어서 그 문구랑 관련된 정보로 어학원 홈페이지가 여러 개 검색되었다. 거의 한 번씩 훑어봤던 건데 그중 '대박 할인'이라고 홍보하는 어학원을 터치했다. 필리핀에 여러 개의 지점을 갖고 있는 어학원이었다. 중·고등학생 대상으로 여름방학과 겨울방학 어학연수 프로그램이 있었다. 대학생들은 두 달 코스도 있었고, 두 달 이상부터는 고객이 설정하기 나름이었다. 석 달도 좋고 여섯 달, 일 년, 이 년 등. 자기 일정과 비용에 따라 계획을 짜는 식이었다.

두 달 쯤이면 얼마나 들까, 하고 계산하려는데 카페 문이 열렸다. 이리구가 성큼 걸어 들어왔다. 이리구의 진한 눈썹이 콧등으로 곤두박질하듯 아래로 쏠렸다. 뜻밖에도 이리구 뒤로 아주머니가 따라 들어왔다. 수아는 직감적으로 이리구 엄마다, 생각했다.

수아는 자리에서 일어나 두 사람을 맞았다. 이리구가 맞은편 자리에 앉고 그 옆에 이리구 엄마가 앉았다. 이리구 엄마가 수아에게 앉으라고 했는데 그 목소리가 작고 부드러웠다. 수아가 앉자 이리구 엄마가 뭐 마시겠냐고 물었다. 오렌지주스를 마시겠다고 하니까 일어나 주문대로 갔다. 이리구 엄마가 디카페인으로 아이스아메리카노 한 잔과 뜨거운 아메리카노 엷게 한 잔, 그리고 오렌지주스를 나직한 목소리로 주문했다. 이리구는 이어폰을 귀에 꽂은 채 스마트폰을 내려다보고 있었다. 수아는 이리구에게 무슨 말이라도 하고 싶어 눈을 맞추려고 애썼지만 이리구는 그럴 틈을 주지 않았다.

얼마 후 하얀색 와이드팬츠를 펄럭이며 이리구 엄마가 쟁반을 들고 왔다.

"1학년이라고?"

이리구 엄마가 오렌지주스를 수아 앞에 놓아 주며 물었다.

"네."

"하고 싶은 것도 많고 꿈도 많겠구나?"

이 질문이 웃긴지 이리구가 큭, 하고 웃었다. 이리구 엄마가 이리구의 팔뚝을 손으로 툭 치고는 말을 이어나갔다.

"꿈이 뭐니? 나중에 뭐가 되고 싶어?"

수아는 이리구 엄마가 이런 질문을 하는 의도가 뭘까, 생각했다. 수아에 대한 관심의 표현일까, 아니면 그냥 의례적인 질문일까. 그것도 아니면 낙태를 말하기 위해 꺼내는 징검다리 질문일까. 이리구 엄마가 미소를 짓고 있어서 헷갈렸다.

"응?"

이리구 엄마가 대답을 재촉했다.

"교사가 되고 싶어요."

수아의 대답이 만족스러운지 이리구 엄마의 미소가 더욱 짙어졌다.

"공부를 잘하는 학생이구나?"

수아는 이리구 엄마의 작고 부드러운 목소리와 미소 띤 얼굴, 그리고 칭찬 같은 말을 들으며 마음이 편안해졌다. 동영상에서 본 '십대부부'도 떠올랐다. 이리구 엄마가 그 시어머니처럼 이해하고 받아준다면 아기를 낳아도 될 것 같았다.

"너도 고민 많을 거야. 이렇게 하자."

이리구 엄마가 가방에서 명함 한 장을 꺼내 수아에게 내밀었다.

"이 병원 원장 내가 잘 아는 사람이야. 찾아가서 수술해."

혹시나 했던 상상이 깨졌다. 수아가 자기도 모르게 네? 하고 되묻자 이리구가 궁얼거렸다.

"쟤가 저런다니까. 현실을 몰라도 너무 몰라."

이리구는 이어폰을 꽂고 있으면서도 다 듣고 있는 모양이었다. 그러려면 차라리 같이 대화를 하든지, 수아는 이리구를 원망스러운 눈으로 바라보았다. 수아가 또 무슨 말을 할세라 이리구 엄마가 바로 말했다.

"수술은 별로 힘들지 않아. 수술하고 한 이틀 정도 쉬면 돼. 겁 나겠지만 어리니까 빨리 회복될 테니 걱정하지 않아도 돼."

수아는 임신 16주, 아니 17주인데도 그럴까, 하고 생각했다.

"빠를수록 좋으니까 이번 주 토요일에 수술하고 한 이삼 일 쉬어. 월요일 결석에 대해서는 병결이 되도록 원장에게 진단서 써 주라고 부탁해 놓을게. 물론 진단명은 원장이 알아서 잘 써줄 거야."

"저도 수없이 그런 생각을 했는데……."

채 말을 맺기도 전에 이리구 엄마가 일어나더니 수아 옆으로 와 앉았다. 수아가 옆으로 좀 비켜 앉자 이리구 엄마의 길고 화려한 다섯 개의 손톱이 수아의 팔을 부드럽게 감쌌다. 그리고는 몸을 살짝 비틀더니 핸드백에서 하얀 봉투를 꺼냈다.

"그래, 얼마나 고민이 많겠어. 그래서 내가 도와주려고 온 거야. 이건 수술비와 위로금이야. 넉넉히 넣었어."

수아가 이리구에게로 눈길을 돌리자 이리구 엄마가 수아의 어깨를 돌려 감싸 안았다.

"아, 이렇게 어린데 얼마나 고민이 많았을까?"

수아는 이처럼 친절한 이리구 엄마에게 '십대부부' 이야기를 꺼낼 볼까 하고 생각했다. 그때 킥, 하고 이리구의 웃음소리가 났다. 때맞춰 이리구 엄마가 수아의 등을 톡톡 두드리며 이젠 걱정할 것 하나도 없다고 말했다. 그 말에 힘입어 수아는 조금 편안해졌다.

"임신 주수가 너무 많아요. 오빠만 괜찮다면 오빠 대학 졸업할 때까지 아기 키우면서 기다리……."

수아가 말을 채 맺기도 전에 이리구가 자르고 들어왔다.

"미쳤구나! 너."

수아는 이리구의 반응보다 이리구 엄마에게 더 놀랐다. 임신 주수가 너무 많다고 했는데도 몇 주 되었냐고도 안 묻고 수아의 몸을 살펴보려고도 하지 않았다. 수아는 물 컵을 들어 단숨에 마셔 버렸다. 아기가 이렇게 물을 달라고 하잖아요, 하는 말을 떠올리고 있을 때 이리구 엄마가 맞은편 자리로 가 앉았다. 이리구 엄마의 얼굴이 좀 전과 많이 달라졌다. 딱딱하게 굳어 버린 것 같은 얼굴에 파리채같이 길고 촘촘한 눈썹이 반쯤 감겼다.

수아는 이쯤에서 자기 뜻을 말해둘 필요를 느꼈다.

"아기 낳을지 말지는 제가 결정해요."

말꼬리가 밟히지 않도록 빠르고 정확하게 말했다. 이리구가 신경질적으로 귀에서 이어폰을 뺐다. 이어폰을 가방에 아무렇게나 던져 넣은 이리구가 얼굴을 있는 대로 구겼다. 이리구 엄마가 이리구를 매섭게 쏘아보고는 처음처럼 차분한 얼굴이 되어 수아를 보았다.

"네가 지금 다각도로 생각해 보지 않아서 그런 것 같은데 곰곰이 생각해 봐. 실은 생각해 볼 것도 없어. 내 말대로 하는 것이 너에게도 백번 좋아. 수술하고 아무 일 없다는 듯이 학교 생활하는 거야. 네 꿈인 교사가 되려면 공부 짱짱하게 해야 하잖아. 안 그래?"

이리구 엄마 목소리는 여전히 작고 부드러웠다. 이리구가 더는 못 참겠다는 듯 자리에서 일어났다. 이리구 엄마도 일어났다. 이리구가 탁자와 자기 엄마 사이로 빠져나가고, 이리구 엄마는 할 말이 또 있는 듯 탁자 옆에 섰다.

"수술하고 나서 혹시 무슨 문제 생기면, 예를 들어 학교에 소문이 난다거나, 그러면 전학 가는 것도 생각해 봐야 할 거야. 고3인 리구가 전학 갈 수는 없잖아. 어쨌든 전학도 내가 알아봐 줄 거니까 걱정 말고."

말을 맺기 무섭게 이리구 엄마도 부지런히 걸어 나갔다. 수아는 봉투와 명함을 집어 들고 뒤따랐다. 카페 앞 승용차에 시동이 걸리고, 이리구가 조수석에 몸을 들이고 있었다.

"오빠, 잠깐만이요."

"아, 왜 또?"

이리구가 한 발을 차에 들인 채 짜증나 죽겠다는 투로 외쳤다. 이리구의 눈이 평소보다 1.5배쯤 커졌다. 흰자위가 많아서 그런지 이리구의 눈이 허옇게 빛났다. 그 서슬에 수아는 멈칫했다. 이리구는 꼴도 보기 싫다는 듯 미친, 이라고 내뱉었다. 그리고는 나머지 한 발마저 조수석에 올리고 차 문을 닫았다.

　수아가 길 건너 원룸으로 갔을 때 원룸 공동현관에 이지영이 있었다. 수아는 이지영이 좀 전의 자기를 봤을지도 모른다고 생각했지만 그 생각을 길게 할 수는 없었다.

05
선택

'목말라.'

수아는 원룸에 들어오자마자 냉장고부터 열었다. 냉장고 안에는 칸칸이 새 반찬통으로 바뀌어 있었고, 맨 아래 칸에 홍삼액 봉지가 차곡차곡 쌓여 있었다. 수아가 사다 쟁여 놓은 생수병은 냉장고 문짝과 야채 박스로 밀려나 있었다. 이지영이 그렇게 정리해 놓은 것이다. 수아는 생수병을 하나 꺼내 뚜껑을 비틀어 땄다. 한 병 다 마시고 병을 버리려고 보니 비닐 봉투 안에 빈 생수병이 가득했다. 수아는 평소 같지 않은 자기 모습을 이지영이 어떻게 여길까, 하고 잠깐 생각했다.

이지영은 침대에 걸터앉은 채 수아가 있는 쪽을 보고 있었다. 딱히 수아를 보지는 않으면서 그렇다고 완전히 외면하지는 않는 애매한 눈길이다. 그러고 보니 이지영은 여태 이렇다 할 말 한마디 하지 않았다. 수아는 이지영의 옆얼굴이 목각 인형처럼 딱딱해 보여 불안했지만, 지금 이 순간 자기랑 눈이 마주치지 않은 것은 다행이라고 생각했다.

"나 샤워하고 나올게."

이지영은 말없이 수아를 바라보았다. 잠깐 눈이 마주쳤지만 수아는 할 일 있다는 듯 얼른 피했다. 수아가 서랍장을 열어 갈아입을 옷을 챙기고 있을 때 이지영이 가방, 하고 말했다. 그제야 수아는 아직 가방을 메고 있었음을 깨달았다. 순간 부끄럽고 바보 같다는 생각이 들었다. 가방을 내려놓고 서둘러 욕실로 들어왔다. 변기 뚜껑을 덮고 그 위에 앉았다. 갈아입으려고 들고 온 옷을 껴안고 숨을 몰아쉬었다. 조이고 있던 숨통이 터지는 기분이 들었다. 마음 같아서는 조금 더 앉아 있고 싶었지만 이지영 눈치가 보여 조심스러웠다. 가까스로 몸을 추스르고 일어나 교복을 벗었다. 힘없는 팔을 들어 샤워기 꼭지에 손을 올렸다. 그때 수아의 손에 걸려 아래로 툭 떨어지는 것이 있었다. 비누 받침대에 두었던 임신 테스트기였다. 이지영이 봤을까, 화장실을 둘러보았다. 아침에 미처 걷어내지 못한 머리카락이 깨끗이 제거되어 있었다.

"아, 엄마."

대충 샤워를 하고 나왔을 때 이지영은 아까 그 자세 그대로 있었다. 수아가 교복을 옷걸이에 걸자 그제야 이지영이 돌아보았다. 그때 눈이 마주쳤다. 이지영의 눈이 붉었다. 울었나, 수아는 얼른 눈길을 돌려 버렸다.

수아는 이 상황이 맘에 들지 않았다. 더는 피해갈 수 없다는 생각도 들었다. 차라리 털어놓자, 맘먹으니까 오히려 마음이 가벼워졌다. 다시금 목이 말라 왔다. 냉장고에서 생수병을 꺼내 뚜껑을 비틀었다.

"밥 먹을래? 우엉조림이랑 열무김치 가져왔는데."

이지영의 목소리가 떨렸다.

"아니. 지금 11시 넘었어."

수아는 생수 한 병을 단숨에 들이켰다.

"무슨 물을 그렇게 마셔?"

"목말라. 자꾸 갈증 나. 마셔도 마셔도……."

수아가 말끝에 울먹이자 이지영이 수아에게 다가왔다. 수아는 기다렸다는 듯 이지영의 가슴에 얼굴을 묻었다. 이지영은 자기에게 기댄 수아의 등을 손바닥으로 부드럽게 쓸어내렸다. 마치 상처 입은 비둘기, 비에 젖은 병아리, 길 잃은 강아지에게 하듯.

"어떻게 된 건지 말해 줄 수 있어?"

이지영의 품에서 떨어진 수아가 침대로 가 걸터앉았다.

"엄마."

수아는 차마 임신이라는 말을 입에 담지 못해 머뭇거렸다.

"아까 봤어. 카페 앞에 그 남학생……."

"엄마가 지금 생각하고 있는 것, 그거 맞아."

"얼마나 되었어?"

"오래 됐어. 너무 피곤해서 생리를 거르는 줄 알았는데……."

이지영이 수아의 말꼬리를 끊었다.

"초기인 것 같은데, 맞아?"

수아는 이지영의 의중을 알아챘다. 이지영의 눈빛이 부연 설명을 하고 있었기 때문이다. 수아는 이지영의 기대를 저버리듯 침대에서 일어났다.

"4개월 넘었어."

이지영이 또 목각 인형 같은 얼굴로 수아를 올려다보며 말했다.

"그래도 요즘은 의술이 좋아져서 잘만 하면 괜찮을 거야."

잘만 하다니, 뭘, 수술을? 방금 들은 말을 곱씹고 있자니 또 목이 말랐다. 시원한 물이 필요했다. 수아는 냉장고에서 생수를 한 병 꺼냈다. 우선 한 모금을 마셔 목을 축였다.

"알아. 나도 다 알아. 엄마가 뭘 걱정하는지. 그런데 낙태 생각만 하면 목이 말라. 누가 그런 말만 해도 그래. 나 전에는 이렇게 물 많이 마시지 않았어. 그런데 이상해. 내 몸이 물을 원하는 것 같아. 아기가 물 달라고 하는 것 같단 말이야. 어쩌면 좋아. 나도 이런 내가 낯설지만 어쩔 수 없어."

수아가 고개를 뒤로 젖혀 물을 마셨다. 목구멍을 타고 들어가는 물줄기가 콸콸콸 소리를 냈다. 거침없고 활기찬 소리였다.

"수아야, 제발 수아야!"

이지영의 목소리가 방 안 공기를 누르듯 무겁고 낮게 흘러나왔다.

"엄마, 저걸 봐."

수아가 가리킨 곳에 빈 생수병이 가득 담긴 비닐봉지가 있었다.

"저렇게 자기가 있다는 것을 드러내고 있는데 나더러 어쩌라고."

이지영이 얼굴을 한껏 일그러뜨리며 말했다.

"살다보면 실수할 수도 있어. 실수라고 치고 바로 잡으면 돼."

"실수는 내가 한 거지, 아기가 한 건 아니잖아."

"말장난하지 말고, 엄마 말 들어."

이지영이 더는 참을 수 없다는 듯 목소리를 높였다.

"지금 아기를 낳고, 키우는 방법에 대해 생각하고 있어. 실은 나 아직 결정 못했는데, 말이 그냥 이렇게 나와. 내 마음에 낙태할 생각이 없나봐. 그리고 리구 오빠 돌아올 거야. 오빠랑 내 아기니까."

"아냐. 그렇지 않아."

"엄마 맘대로 단정하지 마."

"나 다 봤어. 그 리구라는 애가 너에게 어떻게 했는지."

"지금은 겁나서 그래. 고3이잖아. 나도 오빠 부담스럽게 하고 싶지 않아. 오빠 대학 무사히 들어갈 수 있게 조심할 거야. 귀찮게 안 해. 리구 오빠 엄마도 오빠가 대학 가는 데 지장 있을까 봐 그러는 거야. 말은 그렇게 했어도 따뜻한 분 같았어."

"그 똑똑했던 수아는 어디 간 거야."

이지영이 믿을 수 없다는 듯 탄식했다.

"엄마, 내가 가시밭길로 간다고 생각하는 거지? 돌밭 길을 걷는 것 같지? 맞아. 다른 애들 학교 다니고 공부할 때 나는 아기를 낳겠지. 그렇다고 나 포기하지 않아. 4년이 걸리고 5년이 걸릴지 몰라도 나 대학 갈 거고, 내 꿈 이룰 거야. 좀 늦게 간다고 해서 불행한 것은 아니잖아. 그냥 조금 돌아갈 뿐이야."

"조금 돌아가는 거라고? 아기 낳아 키우는 게 네 생각처럼 간단한 일일 것 같니? 넌 지금 대학이니 꿈이니 말하지만, 그런 것하고는 영 멀어질 거야. 내 눈엔 그게 보여. 그래서 말리는 거야."

"나 겁주려는 거지? 그러지 마. 안 그래도 나 충분히 겁나."

"겁나는데 왜 그런 길을 선택 하냐고. 지금이라도 늦지 않았어. 다시 원래의 길 위에 너를 세워 놓자. 엄마가 도와줄게. 네가 이번만 엄마 말 들으면 진짜 엄마가 더 노력해서 지금보다 더 너에게 잘해 줄게. 정말이야."

"너무 늦었어. 아기가 느껴지는데 어떻게 그래."

"수아야."

"나 피곤해. 벌써 12시야. 내일 학교 가려면 자야 해."

"학교는 가고 싶니? 어차피 네 뜻대로 하면 결국 못 가게 될 텐데?"

수아는 침대로 올라가 이불을 머리 위까지 끌어 올렸다. 이지영이 의자로 옮겨 앉아 한숨을 길게 쉬었다. 밤새 그러고 있겠다는 듯 가만히 있던 이지영이 일어났다. 붙박이장에서 얇은 누비 이불을 꺼내 침대 아래에 깔았다. 불을 끄자 수아가 얼굴을 덮고 있던 이불을 내리고 몸을 옆으로 돌렸다. 수아는 잠들고 싶었다. 그러나 몸은 엿가락처럼 늘어지는데 정신은 점점 더 맑아지는 기분이었다. 이지영의 신음 같은 간헐적인 숨소리도 신경 쓰였다.

뒤척이다 잠이 들었는지 수아가 눈을 떴을 때는 7시 반이었다. 전기밥솥에서는 지금 막 김이 빠지고 있었다. 아일랜드식 식탁이 펴져 있었고, 그 위에 밥상이 차려져 있었다. 이지영은 가고 없었다. 문자 두 통을 남기고.

이지영

> 밥 먹고 기운 내. 일단 홍삼은 꼭 챙겨 마셔. 하루에 한 봉씩.

이지영

> 저녁에 문자할게.

문자를 하겠다는 의미가 뭘까. 다시 한 번 설득하겠다는 뜻인가. 영락없이 또 목이 말랐다. 냉장고에서 생수병부터 꺼내 마시고 나니 간장 냄새가 났다. 간장 냄새가 수아의 식욕을 끌어 올렸다. 수아는 이끌리듯 우엉조림에 밥 한 공기를 뚝딱 해치웠다. 오랜만에 배불리 먹었다. 손이 아랫배로 갔다. 뱃속에서 움직이는 것이 느껴졌다. 이게 태동이라는 건가. 기분이 야릇했다. 태동을 제대로 느껴 보려고 집중했다. 수아는 그런 자신의 모습이 나쁘지 않았다.

늦잠을 잔데다가 밥상을 치우다 보니 10분이나 늦었다. 이젠 교복 치마가 제법 팽팽해졌다. 지퍼도 간신히 올라가는 느낌이었다. 곧 겉으로 드러날 것이다.

'9월까지만 다니고 휴학을 해야겠어.'

서둘러 등굣길에 올랐다. 늘 다니던 시간이 아니라서 그런지 낯익은 얼굴들이 보이지 않았다. 물론 이리구도 없었다. 수아는 앞으로 남은 며칠은 다른 학생보다 몇 분 늦게 등굣길에 오르는 것도 괜찮겠다고 생각했다. 교실에 들어가자 진이가 또 수아에게 이상해, 이상해 하며 이상해를 연발했다.

"아슬아슬하게 도착했네? 요즘 뭔 일 있지?"

"아니. 아무 일 없어."

목소리가 어제보다는 명랑하게 흘러나왔다. 이지영에게 털어놓고 나니 한결 부담이 덜어져서 그런지, 아니면 이젠 갈팡질팡하는 상황에서 벗어나 그런지. 어쨌거나 한결 홀가분했다.

"그럼 밤 샜구나? 요즘 학원 수업도 잘 빼먹고. 혼자 공부하기로 했어?"

"아냐. 오늘은 갈 거야. 가야지."

여느 때와 다름없는 학교생활이 시작되었다. 교실에서 하는 수업은 아무 문제없지만 체육 시간은 달랐다. 요즘 체육수업은 남학생 여학생 혼합으로 농구를 했다. 임신인 줄 몰랐을 때는 열심히 뛰었지만 이젠 조심스러웠다. 수아는 체육 시간 전에 미리 선생님께 가서 생리통 때문에 쉬겠다고 말했다.

'오늘은 이렇게 넘어가지만 다음 주는 또 어떤 핑계를 대야 할까.'

아이들이 체육복으로 갈아입고 있을 때 수아는 텀블러를 들고 나왔다. 몇몇 아이들이 뒤에서 수군거렸다. 느닷없이 웬 생리통, 시험 공부하려고 그러는 거지, 공부 잘하는 애들 정말 재수 없네……. 수아는 그 말들을 다 들으면서도 어쩔 수 없다고 생각했다. 아이들이 다 나갈 때쯤 교실로 들어왔다. 오랜만에 공부하는 기분이 들었다. 수학 문제를 읽는데 저번 그 난독 증상은 없었다. 다행이었다. 수아는 자신을 옥죄고 있던 상황이 어느 정도 풀렸다고 생각했다. 이젠 조금씩 예전의 자기 페이스를 찾아가고 있는 거다.

'난독증만 없으면 필리핀이 아니라 더 낯선 나라에 가더라도 살아낼 자신 있어.'

수아는 아무리 어려운 상황에서도 공부만은 놓지 않으리라 다짐했다. 이건 임신 전에도 갖고 있던 생각이다. 공부를 잘해서 반듯한 직장을 잡는 것이 자신의 인생을 위해서도 좋고, 이지영에 대한 보답이기도 했다. 이지영이 혼자 고생해서 자신을 키우는데 그 정도 기쁨은 누리게 해주고 싶었다. 어쩌다 보니 지금은 상황이 더 어려워졌지만 공부에 대한 열망은 더 깊어졌다.

'여기서 공부마저 놓아버리면 앞으로 펼쳐질 내 인생이 너무나 깜깜해.'

그런 일은 상상하기도 싫었다.

체육 시간을 마치고 아이들이 들어왔다.

"소수아, 너 한 시간 동안 뭐했어?"

진이가 터벅터벅 걸어오더니 볼멘소리를 했다. 다 들으라는 듯이 목소리도 컸다. 진이까지 왜 그러나 싶어 우물쭈물 변명을 늘어놓았다.

"나 아파. 다이어트 때문인지 생리통이 심해졌어."

"믿는다. 혼자만 공부하려는 치사한 짓, 그런 거 아니지?"

"아냐. 내가 전에도 말했잖아."

"하긴, 우리 학교엔 네 라이벌도 없는데 굳이 그럴 필요 없지."

그만 좀 하지, 원망스러운 눈으로 진이를 보고 있자니 예상 밖의 분위기가 되었다. 가시같이 뾰족하게 쏘아보던 아이들의 눈길이 거둬졌다. 그제야 진이가 일부러 그러는 것임을 수아는 알아챘다. 이를테면 내가 야단쳤으니 너희들은 가만있어, 라는 뜻이랄까.

'김진이, 고맙다. 고맙고 미안하다. 언젠가는 너에게 털어놓을 날이 있겠지.'

저녁에 보낸다던 이지영의 문자는 8시가 지났는데도 오지 않았다. 수아는 이지영에게 큰 걱정거리를 안겨주었다고 생각하니 지금의 자기 처지가 속상했다. 얼마나 힘들까, 이지영이 자기주장을 세게 펼치는 성격이 아니라 더욱 괴로울 것이다. 그걸 알면서도 수아는 자기 뜻을 굽힐 생각이 전혀 없었다. 결국 이지영은 수아에게 져줄 것이다. 그런 믿음으로 수아는 자기 생활을 하던 대로 했다. 학원에 갔고, 학원 수업을 끝까지 다 들었다.

학원 수업을 마치고 원룸에 돌아갔을 때, 이지영으로부터 전화가 왔다.

"엄마야."

"응. 엄마."

이지영이 숨을 깊게 내쉬었다.

"문자로 하려다 전화가 나을 것 같아서 기다렸다 전화했어."

"응."

"엄마 이야기 해주려고."

'내가 모르는 일이 있었나?'

그 이야기가 무슨 이야기든 결국 낙태를 권하는 말일 텐데. 수아는 그런 생각이 들자 속이 거북해졌다.

"엄마랑 너랑 단둘이 초봉리에 온 지 벌써 10년이 넘었네. 네가 6살 때니까."

이지영이 이야기를 이어나갔다.

"초봉리에 대한 내 첫인상은 따뜻하고 포근했어. 사람들도 인정이 넘쳤지. 하지만 그게 전부가 아니었어. 불편한 점이 생기더라. 나 모르는 곳에서 나에 대한 소문이 얼마나 무성했는지 몰라. 젊은 여자가 혼자 아이 키우는 걸 정상이 아니게 보는 거야. 남편을 사고로 일찍 여의었을 뿐인데, 그건 내 잘못이 아닌데, 나 사는 모습을 보고 딱하다는 듯 혀를 차. 동정하는 건 그나마 괜찮아. 젊은 과부, 난 이 소리가 그렇게 듣기 싫더라. 마치 내가 부끄러운 짓이라도 하는 여자처럼 느껴져. 삐딱하게 보는 시선, 그건 받아본 사람만이 알 수 있을 거야. 등골에서 땀이 날 정도로 견디기 힘들거든. 너 초등학교 3학년 때인가, 울면서 들어온 적이 있었는데 그때 기억을 떠올려 보면 알 거야. 그게 어떤 느낌인지."

수아는 이제야 아이들이 따돌린 이유를 알 것 같았다. 어렴풋이 짐작은 하고 있었지만 설마 아빠 없이 엄마랑 단둘이 산다는 이유만으로 그럴까 싶었는데. 지금보다는 오래전 일이고, 시골이라는 다소 폐쇄적인 공간이라서 그럴 거라고, 수아는 자기 나름으로 판단했다.

"아직도 나를 특별하게 보는 사람들이 있을 거야."

이지영이 부연 설명을 했다. 특별하다는 말에는 두 가지를 내포하고 있는데, 하나는 평범하지 않다는 뜻으로 여전히 불편하다는 것이고, 또 하나는 그나마 보는 눈이 좋아져 어느 정도는 인정한다는 뜻이다. 거기에는 눈물겨운 노력이 있었음을 설핏 비춘 이지영이 사뭇 격앙된 목소리로 바꿔 말했다.

"혼자 힘들게 아이 키우는 건 둘째치고, 불편한 시선과 부당한 대우가 힘든 거야. 너도 알다시피 나는 정식으로 결혼했어. 그런데도 그런 불편한 시선을 느끼고 살았는데, 넌 어떨 것 같아?"

"엄마는 최선을 다했어. 나도 그렇게 살면 되잖아."

이지영은 기대했을 것이다. 좀 더, 아니면 다시 생각해보겠다는 대답을. 하지만 수아는 이미 자기에게 주어진 선택의 자율권을 이야기하고 있었다.

"나 곧 학교 그만두려고 해. 이젠 표가 나."

이지영이 표가, 하고 수아 말을 따라하다가 다시금 설득조로 말문을 열었다.

"그게 아니라⋯⋯."

"알아. 왜 그런 이야기를 해줬는지."

이지영이 그동안 참고 있었던 말을 했다.

"최소한 리구라는 애랑 사랑했다면 이해해 보겠지만 아니잖아. 아무리 생각해도 아기를 낳을 이유가 없어."

"엄마, 나도 리구 오빠 좋아해. 좋아한 것 사실이야."

"그 애가 도망쳤는데도 그런 말이 나와? 나 정말 이리군지 뭔지 그 애 부모 찾아가서 따지고 싶어. 책임지려고 하지 않는 그 애를 야단치고 싶다고. 그런데 그러면 뭐해. 이미 그쪽은 의사 표현을 한 마당이고, 내가 만나자고 하면 만나겠어?"

"엄마, 제발 그러지 마. 내가 감당할 일이야."

"더 늦기 전에 병원에 가자."

"엄마가 그러면 난 떠날 거야. 아무도 없는 곳으로 가서 아기 낳을 거야."

수아는 어학연수를 생각하고 있었다. 필리핀에서 한 6개월쯤 체류할 비용만 마련되면 떠날 예정이다.

"병원 가기로 결정하면 연락해. 기다릴게."

수아가 미처 무슨 대답을 하기도 전에 전화가 끊겼다.

2○○1년 9월 14일 화요일 맑음

어제, 원룸에 가서 청소부터 했다. 수아가 워낙 깔끔한 성격이라 별로 치울 것은 없지만. 그래도 화장실은 내가 올 때마다 꼼꼼히 닦아 준다. 구석구석 소독도 해 주고. 그런데 화장실에서 임신 테스트기를 봤다. 이게 수아 것인가? 아니겠지, 하는 일말의 기대가 있었지만 불안을 재울 수는 없었다. 줄이 두 줄 그어져 있었다. 줄이 두 개면 뭘까. 확인해 보고 싶었다. 방으로 가 책상 위에 있던 스마트폰을 집는데 탁상 달력에 눈이 갔다. 지금이 9월인데 아직도 5월 달력이었다. 이렇게 무신경한 수아가 아닌데, 하며 달력을 넘겼는데 이상했다. 6월과 7월, 8월 달력에 생리 표시가 없었다. 5월도 4월도 그 전달에도 첫 주에 꼬박꼬박 표시되었건만. 가슴이 뛰고 손이 떨렸다. 검색해 본 결과 임신이 맞았다. 그러고 보니 주말에 수아 행동도 여느 때와 달랐다.

혼자 살게 한 게 잘못이었다. 그냥 내가 데리고 살면서 지산읍에 있는 고등학교에 보낼걸. 이제 와서 소용없는 말이지만. 내 나름으로는 노파심에 수아에게 원룸에 혼자 살고 있다는 것을 아무에게도 말하지 말라고 했었다. 아주 친한 친구에게도. 그땐 이런 일까지는 짐작도 못 했다. 친구들이 놀러와 수아의 생활을 침해할까 봐 주의를 준 거였는데. 수아는 워낙 똑똑하고 착실한 아이라 이런 일과는 거리가 멀 거라고 장담했다. 공부 잘하는 수아를 좀 더 잘 키워 보려고 서울로 보낸 것이 내 판단 착오였나.

원룸에 가만히 있을 수가 없었다. 학원 끝날 시간인데도 아직 들어오지 않는 것도 불안했다. 혼자 오만 가지 상상을 하니 수아에게 무슨 말이라도 듣고 싶었다. 빨리 수아를 만나보고 싶은 마음에 마중 나갔다.

한참 동안 원룸 앞에서 서성이고 있는데 카페 앞 주차장에서 심상치 않은 일이 벌어진 것 같았다. 키 큰 남학생이 뛰어나오더니 곧이어 아주머니가 나왔다. 아주머니는 고급 승용차 안으로 들어가고 남학생도 조수석 문을 열었다. 그때 뜻밖에도 수아 목소리가 들렸다. 남학생이 한 발을 조수석에 들인 채로 버럭 소리 질렀다. '왜, 또!'라고 했다. 그 목소리가 얼마나 컸던지. 내 귀에

까지 똑똑히 들렸다. 수아가 놀라 뒤로 한 발 물러나고 차는 떠났다.

그 남학생의 아기를 임신했단 말인가. 분위기로 보아 남학생과 그의 어머니가 찾아와 낙태를 권했을 것이다. 수아가 싫다고 했을 테고. 그러니까 그러고 떠난 것이겠지.

'왜 또?'

그 남학생이 한 말이 내 머릿속에 자꾸 떠오른다.

수아를 벌레 보듯이 털어 내려는 몸짓도.

수아를 설득하고 싶어서 그동안 내가 겪은 이야기를 해주었다. 혼자 아기를 키우는 일의 고단함과 사람들의 불편한 시선과 부당한 대우 등. 내가 언변이 부족했는지 수아의 마음을 움직이지 못했다.

2001년 9월 16일 목요일 맑음

속이 까맣게 타들어 갔다. 초조하고 불안하다. 꼭 이 길로 가야 하나, 안 갈 수도 있는데 하는 생각이 가슴 한쪽에 자리 잡고 앉아 어서 돌려세우라고 부추기고 있다.

알아보니 임신 5개월이 되어도 중절 수술하는 데 큰 무리는 없다고 한다. 얼마든지 가능하다는 의사도 있다. 수아는 17개월쯤 된 것 같다. 더 늦기 전에 병원에 데리고 가야 한다.

낙태를 위해서라면 이리구에게 성폭행을 당한 거라는 사실을 수아가 알 수 있도록 하고 싶다. 이리구를 성폭행범으로 고소해서라도. 하지만 이건 단지 머릿속으로 상상해 보는 것일 뿐. 경찰서는 근처도 가보지 못했다.

내가 고소장을 제출할 수 없었던 이유 중에 첫 번째는 수아의 마음 때문이다. 수아는 이리구를 전혀 성폭행범이라고 생각하지 않는다. '임신'을 자기 행동에 의한 결과로서 그대로 받아들이고 있다. 피하지 않고 가는 것이 정당한 행동이라고 생각하는 것이다. 두 번째는 성폭행범으로 기소시키려면 증거가 있어야 하는데 그게 수월치가 않다. 수아의 원룸에서 이루어진 일인데다 한 번도 아니고 여러 번 드나들었던 모양이다. 누가 봐도 수아의 허용으로 비춰지기 때문에 성폭행을 증명하기가 쉽지 않다.

수아는 이미 마음을 정한 눈치다. 나는 그게 무섭다. 수아는 은근히 고집이 있어서 한번 결정한 것을 좀처럼 바꾸지 않는다. 게다가 특유의 긍정마인드까지 가졌다. 서울 A고교의 입학 통지서를 받았을 때도 그랬다. 내가 이런저런 걱정을 늘어놓으니, 걱정할 동안에 앞으로의 일이 잘 되도록 계획을 짜는 게 더 낫다고 했다. 이번 일도 걱정할 동안에 계획을 짜는 게 더 나을 거라고 하겠지.

그동안은 이런 긍정마인드와 고집이 통했을지도 모른다. 열일곱 수아의 인생에서는. 학교생활, 친구 관계, 공부, 그리고 또 다른 것이 있다면 그래봤자 소소한 것들. 이런 것들만 신경 쓰며 살아도 되는 생활은 생명 하나를 키워내는 일에 비하면 너무나도 단조로운 거다. 생명을 건사하는 일에 얼마나 많은 고단함과 변수가 있을지, 그건 수아가 모를 것이다. 도대체 어떤 말로 수아를 설득해야 한단 말인가.

수아가 이번에 짠 계획은 어학연수인 것 같다. 이 와중에 무슨 영어 공부를 하겠다고. 자기 딴에는 영어 공부도 하고, 아는 사람들 없는 곳에서 감쪽같이 아기를 낳아 올 생각인 것 같은데 그게 어디 쉬운 일인가. 이런 계획부터가 뭘 모르니까 나온 것이리라. 당치않은 말이라 어느 나라로 갈 건지, 비용을 어떻게 마련할 건지에 대하여는 묻지도 않았다.

아무리 생각해도 열일곱 살에 아기 엄마로 사는 것은 자연스럽지 못하다. 코스모스랑은 다르다. 철 이른 코스모스. 저번에 수아가 초봉리에 왔을 때 5월에도 코스모스가 핀다고 무슨 신기한 거라도 되는 양 말했지. 그러면서 요즘은 뭐든지 빠른 것 같다고 했다. 일찍 무성해진 플라타너스를 보고도 초록 기간이 길어서 좋다고 했다.

어찌 인생이 코스모스나 플라타너스하고 같을까. 물론 코스모스나 플라타너스가 일찍 성장하는 것이 가볍고 쉬운 문제라는 말은 아니다. 따지고 보면 그것은 기후의 영향이고, 그런 기후가

된 데에는 환경오염이 있겠고, 더 나아가 지구의 운명까지 생각
해 볼 수 있는 큰 문제이겠지만. 이렇게 말해 놓고 보니 수아의
이른 임신이야말로 그저 한 인간에게 생긴 일일 뿐이라는 생각
이 든다. 돌발사고 같은 그런 것.

휴학

9월 30일 수업이 끝났다. 수아는 휴학계를 노트 갈피에 넣고 일어섰다. 내일부터는 학교에 오지 않을 거라 생각하니 새삼 발걸음이 무거웠다. 반 친구들에게 인사 한 마디 없이 떠나는 것이 미안했다. 진이 역시 아무 것도 모른다.

'진이가 만약 나와 같은 일을 당했다면 어떻게 했을까?'

과연 수아에게 다 털어놓았을까, 진이 성격이라면 그럴 수 있을 것도 같았다. 수아는 진이를 힐끔 돌아보았다. 다시금 진이에게 미안해졌다. 진이에게는 말해야 할 것 같기도 하고, 진이에게만은 말할 수 없을 것 같기도 했다.

"수아야, 어디 가?"

진이가 따라 나오려는 듯 몸을 일으켰다.

"나 잠깐 선생님께 볼일이 있어."

빨리 갔다 오겠다는 듯 잰걸음을 하는 수아를 보고 진이는 도로 자기 자리에 앉았다. 수아의 눈에 고개를 갸웃거리는 진이의 모습이 잔상처럼 남았다. 또 이상하다고 중얼거렸을 것이다. 개운치 않은 기분으로 복도를 걸었다.

상담실 앞에서 담임에게 전화를 걸었다. 드릴 말씀이 있다고만 했는데도 담임은 사뭇 긴장한 얼굴로 나타났다. 수아는 노트를 배 앞에서 껴안듯 두 손으로 겹쳐 잡았다. 상담실 문을 밀며 담임이 말했다.

"난 애들이 상담하자고 하면 겁부터 나더라."

수아는 담임 맞은편으로 가 앉으며 노트에서 휴학계를 꺼냈다. 뭔가 하는 표정으로 휴학계를 받아 든 담임 얼굴이 곧 굳어졌다.

"휴학? 어학연수 때문에 휴학을 한다고?"

"네. 내년 1학기까지만요."

담임이 휴학계를 다시금 훑어보며 말했다.

"어학연수 하고 싶으면 방학에 가면 되지. 뭐 하러 휴학까지 해가며 가? 굳이 학기 중에 가는 이유가 뭐야? 입시를 위해서라면 별로 좋은 방법이 아닌 것 같은데?"

"영어 공부를 더 하고 싶어요. 좀 더 완벽하게요."

수아는 미리 준비한 대답을 흘리듯 말했다.

"너 영어 1등급이잖아, 저번 모의평가에선 백점 맞았지? 원어민처럼 하고 싶은가 본데 그건 대학에 가서 해도 돼."

담임이 어디 대답을 좀 해보라는 듯 수아를 빤히 바라보았다.

"생각 많이 하고 결정했어요."

"수아야, 항상 선택을 잘 해야 하는 거야. 지금 네가 학교를 쉬고 어학연수를 간다는 것은 좋은 선택이 아닌 것 같아. 이건 정말 내가 뜯어말리고 싶은데 어쩌지?"

"죄송합니다."

"엄마랑은 충분히 의논했어? 내가 뵙고 말씀드려야 할 것 같은데, 한번 오시라고 해."

"아니요. 선생님, 엄마가 벌써 도장 찍어주셨는걸요."

수아는 이지영의 도장을 갖고 있었다. 학교에 제출할 서류가 있을 때마다 왔다갔다 번거롭다고 이지영이 맡겨둔 거였다.

"어머!"

담임은 이제야 봤다는 듯 휴학계를 들여다보며 고개를 절레절레 흔들었다.

"당장 내일부터 학교에 안 오겠다니, 안 되겠다. 너 교감 선생님하고 상담 좀 해봐야겠어. 전교 1등인 네가 갑자기 휴학한다니까 보통 일이 아닌 것 같아서 그래. 지금 가보자."

"선생님, 선생님 선에서 처리해주세요."

"아냐, 아냐. 교감선생님 지금 계실 거야. 아까 교감실에 들어가시는 거 봤거든."

담임이 따라오라는 듯 손짓을 하더니 상담실을 나가 바로 교감실로 향했다.

교감실에 들어간 담임은 다소 흥분된 어조로 자초지종을 이야기했다. 수아는 담임 뒤에 서서 앞으로 나올 말을 가늠하고 있었다. 교감도 담임이 했던 말을 하겠지, 그러면 영어 공부가 하고 싶다고 해야지, 하며. 교감은 휴학계를 훑어보더니 수아를 보았다.

"1학년 1반 소수아?"

"네."

교감이 자리에서 일어나며 담임에게 말했다.

"선생님은 가서 일 보세요. 내가 이 학생이랑 이야기 좀 해 볼게요."

담임이 수아의 어깨를 한번 짚고는 교감실에서 나갔다. 교감이 다가와 수아 손에 들린 노트를 빼갔다. 갑자기 할 일을 잃은 수아의 두 손이 당황한 듯 얼른 맞잡았다. 긴장한 탓인지 손바닥에 땀이 찼다.

"달리 하고 싶은 말은 없어?"

"네."

"혹시 네 휴학과 관련 있는 사람이 우리 학교에 있니?"

눈치챘구나, 수아는 입 안이 바짝 말랐다.

"응?"

교감이 대답을 재촉했다.

"없어요."

쇳소리처럼 메마른 목소리가 흘러나와버렸다.

"그래?"

송곳처럼 찌르는 듯한 교감의 말투에 수아는 자기도 모르게 배를 내려다봤다. 아직 배가 나오지는 않은 것 같은데, 의심하고 보면 교복 치마 끝이 살짝 들린 것 같기도 했다. 지금까지 아닌 척 버티던 마음이 흔들렸다. 어서 이 일을 끝내고 교감실을 나가고 싶었다.

"내일부터 휴학하고 내년에 복학하고 싶어요. 허락해주세요."

"넌 똑똑하니까 현명하게 행동할 거야. 어학연수 잘 하고 내년에 보자. 그럼 되는 거지?"

교감의 말은 아무 문제 일으키지 않을 거지, 하는 말로 들렸다. 수아는 속으로 물론이죠, 대답했다. 비밀로 해달라는 말을 하고 싶었지만 그 말은 안 해도 될 것 같았다. 담임을 내보낸 것이 교감만 알고 있겠다는 뜻으로 읽혔기 때문이다.

"네. 감사합니다."

"그래. 그럼 가봐."

수아는 교감실의 무거운 공기가 등을 미는 듯한 느낌을 받았다. 차라리 그런 느낌이 좋았다. 어서 교감실을 벗어나고, 교실을 벗어나, 학교 밖으로 나가고 싶었다.

다음 날 저녁, 이지영이 원룸에 와 있었다. 이지영은 책상 앞 의자에 앉아 있다가 수아를 맞았다. 표정이 어두웠다. 담임이 연락한 모양이었다. 수아는 또 시작하려나 싶어 짜증이 올라왔다. 하지만 어쩔 수 없었다. 기어이 휴학을 했으니…….

아침엔 진이의 질문 공세를 받아야 했다. 짐작대로 1교시 쉬는 시간에 전화벨이 울렸다.

"어떻게 그럴 수 있어? 나한테 한 마디 말도 없이 휴학이라니. 요즘 너 하는 짓 보면 정말 이상해. 오늘부터 휴학인 거야? 도대체 왜 그래? 너 정말 어학연수라도 가려는 거니? 혹시 지금 공항이야? 벌써 떠났어? 너 이런 식으로 학교 떠나면 어떤 소문이 돌지 알지? 희한한 상상 안 하게 해줘."

수아는 속으로 임신설을 떠올렸다. 2학년에선가, 갑자기 학교에 안 나오는 여학생이 있었을 때 그런 소문이 돌았다. 그 여학생의 성적과 남자친구의 유무를 들먹이며 그 소문의 진상을 가늠하기도 했다. 그러니까 근거도 없이 그저 심심풀이로 수다 떠는 뒷담화 같은 거였다. 수아는 그동안 자기 이미지가 있기 때문에 그런 상상으로 뻗어나가지 않으리라는 믿음 같은 게 있었다. 하지만 안심할 수는 없었다. 최대한 그런 상상에서 멀어지도록 적절한 이유를 만들어내야 했다. 영어를 정말 잘 하고 싶고, 그래서 어학연수는 곧 갈 거고, 그 비용을 위해 돈을 벌어야 한다고. 수아는 진이가 어느 정도는 자기 말을 믿는다고 생각했다. 성격상 단순한 면도 있지만, 수아에 대한 경외심 같은 것도 은근히 갖고 있었기 때문이다. 놀라울 정도로 공부를 잘하는 수재라서 하는 행동이 남다를 거라는.

"어디 갔다 와?"

이지영은 사복 차림의 수아를 못마땅한 눈으로 바라보고 있었다.

"알바 하고 왔어."

"기어이 휴학한 거야?"

"그럼 어떻게 해. 배는 불러오는데 학교 다닐 수는 없잖아."

"알바는 왜 하는 건데?"

"돈 벌어야 해."

수아의 계획대로라면 9월 말에 휴학하고 10월에 필리핀으로 떠나는 거다. 10월부터 1월까지는 학생비자로 어학원에서 기숙하고, 그 다음은 관광비자로 변경해서 하숙을 할 생각이다. 2월에 아기를 낳고, 한두 달 쯤 체류 후에 귀국하여 지내다 2학기에 A고등학교에 복학. 그 다음은 학교와 아르바이트를 병행해 가며 아기를 키우는 거다.

그런데 이 모든 것이 계획일 뿐이다. 당장 10월에 필리핀으로 떠나려던 계획이 불발이다. 뭐니 뭐니 해도 가장 큰 문제가 돈이었다. 수아 수중에 있는 돈은 이리구와 이리구 엄마가 준 100만원이 전부다. 이리구가 30만원을, 이리구 엄마가 마치 100만원을 채우듯 70만원을 던져주었다. 그 돈으로는 필리핀 어학원 한 달 비용으로도 빠듯하다. 돈이 더 많이 필요했다. 사실, 은근히 이지영에게 기대를 걸었다. 늘 그렇듯이 수아가 결정을 하면 이지영이 따라와 줄 것으로 알았던 거다. 하지만 이번엔 그러지 않았다.

수아는 침대에 걸터앉으며 말했다.

"두 달쯤 돈 벌어서 필리핀으로 어학연수 갈 거야. 거기서 영어 공부도 하고 아기도 낳을 거야. 여기서 낳을 수도 있지만 내년에 복학할 거라 가능하면 아는 사람이 없는 데서 소문 안 나게 낳고 싶어. 어차피 엄마도 나 보기 힘들잖아."

"그 몸으로 어학연수도 하고, 게다가 아기를 낳아오겠다고? 아기도 낳고 영어공부도 하고. 참 환상적인 계획이구나. 열심히 공부하면 대학도 척 붙고, 직장도 척척 잘 구하고, 그럴 것 같지? 공부를 하면 그렇게 되겠지. 그런데 말이야. 아기를 낳으면 공부할 수 있을 거 같니? 지금 봐. 넌 벌써 고등학교도 휴학했다며. 그게 네 현실이야. 알았어?"

어쩌면 이렇게 냉소적일까, 수아는 이지영이 너무도 많이 달라졌다고 생각하며 말했다.

"그게 최선인 것 같아."

"최선은 무슨. 내가 보기엔 불가능이다."

이지영이 덧붙여 말했다.

"아무 일 없었다는 듯이 살 수 있는 방법이 있는데 너 왜 그래? 지금도 늦지 않았어. 내일 병원 가자."

"제발! 그 병원 소리 좀 하지 마."

수아는 더 이상은 참을 수 없다는 듯 외치고, 부연하듯 한번 더 힘주어 말했다.

"엄마는 엄마 딸이 고생할까봐 안타깝고 괴롭지? 나도 그래. 이 아기가 나 때문에 생명을 잃을까봐 걱정돼. 이 아이에겐 내가 엄마잖아."

이지영이 듣기 싫다는 듯 벌떡 일어났다.

"나중에 내 말 안 들은 걸 후회할 거야."

"자꾸 그러면 나 엄마 안 봐."

"뭐라고? 너 아직도 상황 파악이 안 되는 거니?"

"엄마야말로. 엄마가 되어서 생명을 지우라는 말을 어떻게 해. 천박하게."

"뭐? 이젠 못하는 소리가 없어."

이지영이 자리를 박차고 일어나더니 가방을 챙겨들고 나갔다. 다시는 수아를 보지 않을 것처럼. 수아는 그대로 앉아 있었다. 그냥 피곤하다는 생각밖에는 아무 생각도 들지 않았다.

생과일주스 집은 수아가 아르바이트 하기에 좋은 점이 많았다. 우선 홀을 왔다 갔다 하지 않아도 된다. 매대로 둘러싸인 곳에 서서 주문받고 계산하고 주스를 만들면 되는 일이다. 주스를 가져가고 빈 컵을 반납하는 일이 손님들의 셀프로 진행되는 점도 좋았다. 손님들이 수아의 상체만 볼 수 있는 점도 마음에 들었다.

수아는 아침 9시부터 저녁 7시까지 일하기로 했다. 일은 어렵지 않았다. 주스를 서너 번쯤 주문 받았을 때 이미 일머리를 알아버려 제법 빠릿빠릿한 직원이 되었다. 2인 1조로 일하는 시스템인데, 파트너가 하루에 세 번쯤 바뀐다. 오전에 한 번, 오후에 두 번. 수아는 일을 시작하자마자 붙박이가 되었다. 한 사람이라도 길게 일하니까 점주가 좋아하는 눈치였다.

오전 파트너인 정희 씨는 아이들을 유치원에 보내놓고 나오는 거라고 했다. 재료나 기계 다루는 솜씨도 좋고, 행동도 손놀림도 재빨라서 수아보다 앞서 움직이곤 했다. 잠깐이라도 나오니까 숨통이 틔인다는 둥, 월급으로 옷 한 벌 사면 끝인데 그래도 돈 벌어서 좋다는 둥, 말도 잘하고 웃기도 잘했다. 그런 정희 씨가 수아는 편했다. 정해진 일만 자로 잰 듯이 하고 가는 대학생 파트너들에 비해 일하는 분위기도 부드러웠다. 그럭저럭 이대로 두 달쯤 일하는 건 문제 없겠다고 생각하고 있던 차에 정희 씨가 대뜸 던지듯 말했다.

"너 혹시?"

"네?"

"네 몸이 좀 예사롭지 않아서. 아니면 미안하고."

결국 눈치챘구나, 수아는 얼굴이 뜨거워졌다. 뭐라 대답해야 할지 몰라 머뭇거리고 있는데 정희 씨가 홀에서 의자 하나를 가지고 왔다.

"손님 없을 땐 앉아 있어. 힘들 거 아냐."

앞치마를 일부러 헐렁하게 맬 때마다 살찐 것으로 느껴지겠지, 하고 바랐지만 살찐 것과 임신해서 배부른 것은 엄연히 다르다는 걸 수아도 알고는 있었다. 그래서 아니라고 우길 수도 없었다.

"괜찮아요."

마치 죄라도 지은 사람처럼 한껏 기죽은 소리가 흘러나왔다.

"놀란 것 같네? 몸놀림이 조금 이상해서 그냥 한번 찔러본 거야. 언뜻 보면 별로 표 안 나. 넌 마른 체형이라 만삭이 돼도 옷만 잘 입으면 사람들이 알아보지 못할 걸. 내 친구 중에는 정말 그런 애 있었어. 만삭에도 짧은 반바지 입고 다니더라."

"언니는 이런저런 걸 안 묻네요."

"솔직히 너 생날라리구나 했다."

정희 씨가 큭큭 웃더니 이어서 말했다.

"뭐 연애 한번 진하게 했나보다 하는 거지."

생날라리, 연애 한번 진하게. 수아는 이런 말들이 썩 유쾌하지는 않았다. 자기랑은 어울리는 말이 아니었는데, 솔직히 지금도 아니라고 생각하는데, 결과적으로 그렇게 되어버렸다. 대부분의 사람들이 그렇게 바라보겠구나, 하는 생각도 들었다. 수아는 섣부른 행동으로 원치 않은 자기 이미지를 만들어버렸다는 생각에 자괴감에 빠졌다. 이런 수아의 속마음과는 아랑곳없이 정희 씨는 자기가 한 말을 농담으로 받아들였을 거라 생각하는지, 또 한

번 씨익 웃었다.

생과일주스 집에서 열흘 쯤 일했을 때였다. 오후에 A고교 교복을 입은 학생들이 온 적이 있었다. A고교에서 마을버스로 네 정거장쯤 거리에 있는 가게라 이럴 일이 거의 없을 거라고 생각했었는데, 생각보다 빨리 일이 터졌다. 다행히 수아는 잘 모르는 학생들이었다. 하지만 여러 학생들 중에는 수아를 아는 학생도 있는 것 같았다. 수아를 힐끔거리면서 나가는 걸 보면.

그 일이 있은 후 오래지 않아 진이가 찾아왔다.

"수아야, 너 여기서 알바하고 있었어? 야, 너 정말 너무했다. 나한테 말도 안 하고."

진이가 마치 무슨 범죄 현장이라도 급습하듯 뛰어 들어와 호들갑을 떨었다.

"말할 여유가 없었어. 처음 해보는 알바라서 사실은 지금도 정신없어."

수아가 일부러 엄살을 섞어 말했더니, 진이 목소리가 한결 누그러졌다.

"그래도. 나 정말 삐치려고 해."

수아는 얼른 화제를 돌렸다.

"미안. 수박주스 줄까? 수박주스 맛있어. 계절상품이라 이번 주까지만 판매하는데 한번 먹어볼래?"

"그래. 줘. 내가 매상 올려줄게."

진이가 익살스럽게 웃으며 지갑에서 돈을 꺼냈다. 주스를 만드는 동안 진이가 주문대에 붙어서 쉴 새 없이 종알거렸다.

"소수아, 너 완전 도깨비 같아. 학교 안 가고 알바 하니까 기분 어때?"

"그냥 그렇지 뭐."

"공부는 어떻게 해? 다른 학원으로 옮겼니? 네가 공부를 안 할 리가 없잖아."

"밤에 EBS 강의 들어."

진이는 주스를 받고도 갈 생각이 없는지 그 자리에 서서 한 모금 빨아마셨다. 파트너가 수아에게 홀에 나가서 이야기하고 와도 된다고 귀띔해주었다. 그 소리를 듣고 진이가 나오라고 손짓했다. 수아는 진이에게 자기 몸을 보여주기 싫어 나가지 않을 구실을 찾아야 했다. 그때 마침 가게 안으로 손님들이 들어왔다.

"어서 오세요."

손님들이 주문대로 다가오자 재빨리 진이에게 말했다.

"진이야, 지금 바쁜 시간이야. 나중에 따로 만나서 이야기 하자."

수아가 파트너보다 앞서 손님에게 주문을 받았다.

"그래. 나도 방학 때 알바 할까? 너 언제까지 할 건데?"

진이는 손님 옆에 서서 계속 말을 시켰다.

"모르겠어. 아직은."

또 한 무리의 손님이 들어오자 진이도 어쩔 수 없었는지 뒤로 한 발 물러났다.

"수아야, 나 갈게. 중간고사 끝나고 한번 보자."

"응. 잘 가."

진이가 가게에서 나갔다. 수아는 한숨을 푹 쉬었다. 한번쯤 치러야 할 일을 치른 기분이었다. 중간고사 끝나면 만나자고 하겠지, 그땐 또 뭐라 핑계를 댈까, 그런 생각이 연이어 나자 입 안이 바짝 말랐다.

유리창 밖으로 뛰어가는 진이가 보였다. 진이의 교복 치마가 나풀나풀 춤을 췄다. 수아는 새삼 그 모습이 예뻐 보였다. 예전에 동영상에서 본 미혼모 김인영의 방에 걸려 있던 교복이 떠올랐다. 김인영이 다시 학교에 다니는 것이 꿈이라고 했다. 이제야 그 말이 무슨 뜻인지 알 것 같았다.

'과연 내가 교복을 다시 입을 수 있을까.'

아르바이트를 마치고 원룸으로 돌아온 수아의 눈에 침대가 먼저 들어왔다. 눕고 싶었다. 하지만 지금 누우면 잠이 들어버릴 것이다. 수아는 책상으로 가 노트북을 열어 EBS 강의를 틀었다. 영어 강의를 들으며 냉장고를 열었다. 냉장고에는 먹을 만한 반찬이 없었다. 먹다 남은 배추김치와 계란 여남은 개가 전부였다.

이지영은 벌써 몇 주째 연락이 없다. 어디 한번 해보라는 뜻일 거다. 어차피 혼자 감당하겠다고 마음먹었지만, 이지영의 부재를 느낄 때마다 힘이 쭉 빠졌다. 공포가 엄습해 왔다. 수아는 떨리는 손으로 배추김치와 계란을 꺼냈다. 계란 프라이를 하고 전기밥솥에서 밥을 떴다. 싱크대 상부장에서 도시락 김도 하나 빼 식탁에 놓았다. 게 눈 감추듯 밥 한 공기를 뚝딱 먹어치웠다.

밥 먹는 사이에는 EBS 강의가 귀에 들어오지 않았다. 얼마나 허겁지겁 먹었으면. 헛웃음이 터져 나왔다. 방송영상을 앞으로 돌리고 교재를 폈다. 10분 앉아 있었더니 몸이 나른해졌다. 마음을 다잡았다. 아직 몸이 크게 변하지 않았기 때문에 공부를 못할 이유가 하나도 없었다. 수아는 휴학을 하고 난 후 공부에 대한 집착이 더 강해졌다. 문제는 집착만큼 공부에 대한 능률이 오르지 않는다는 거다.

강의를 20분쯤 들었을까. 본격적으로 졸음이 몰려왔다. 머리를 휘저어 졸음을 쫓았다. 여전히 몽롱했다. 화장실에 가서 세수를 했다. 세수를 하고 다시 영어교재를 들여다보는데 역시 얼마 지나지 않아 고개가 아래로 떨어졌다.

2001년 11월 1일 월요일 오후에 비

어제부터 오늘 아침까지 주문 받은 파프리카가 열 상자다. 자스민, 프엉과 함께 상자 작업을 했다. 가장 좋은 것으로 골라 담고 났더니 비품이 세 상자나 되었다. 간혹 비품을 사겠다고 하는 사람도 있어서 반값에 주곤 했는데, 그러고도 비품이 제법 많이 쌓였다.

자스민이 비품 상자를 한번 보더니 요즘은 왜 마을회관에 봉사하러 안 가냐고 물었다. 왜 안 갔을까. 솔직히 말하면 부끄러웠다. 수아가 그렇게 된 게 내 잘못 같기도 하고, 동네사람들이 알면 비난을 받을 것도 같았다. 딸자식을 에미가 끼고 살아야지 무슨 영화를 보겠다고 서울로 유학을 보냈냐는 둥, 홀어미 밑에서 자라 본 바 없이 커서 그렇다는 둥. 어쩌면 에미 팔자를 닮았다는 말을 할지도 모른다. 억울하게도.

천박하다는 말이 떠올랐다. 그 말이 나를 괴롭혔다. 수아가 홧김에 내지른 말이겠지만 그 말을 듣는 순간, 초봉리 사람들의 눈빛과 수군거림이 중첩되었다.

초봉리에 들어와 한동안 근본도 없이 초봉리로 굴러 들어온 여자 취급을 받았다. 아이랑 단둘인데다 친척들과 연락도 거의 끊고 사는 모습이 그렇게 보였을 것이다. 실은 남편 없이 애 키우며 살아가는 나를 친정 식구나 시댁 식구나 다 부담스러워했다. 연락이라도 하면 손 벌리려는 줄 알고 대놓고 싫은 내색을 하곤 했다. 내 자존심에 그런 오해 받기도 싫고, 혹여 그들에게 폐 끼치게 될까 싶어, 살길을 찾던 중에 친구로부터 초봉리를 소개받았다. 자기 고모네 동네인데 특용작물로 특화된 지역이라

사시사철 일할 거리가 많고, 특별한 기술 없이도 품을 팔아 돈을 벌 수 있다는 거다.

그 친구의 고모가 바로 뒷골 할머니다. 뒷골 할머니가 내 편을 많이 들어주었지만 몇몇 동네 사람들은 그러지 않았다. 수군거림이 참 오래도 갔다. 이런 경우, 성실함과 예의 바름의 축적밖에는 답이 없다. 수아를 반듯하게 키워내는 것도 보태면 그야말로 금상첨화였는데. 초봉리에 온 지 10년. 이젠 좀 초봉리 사람으로서 내 자리를 굳혔다 싶었다. 학교 선생님이 된 수아를 이 동네 사람들도 자랑스러워 할 날이 올 거라 생각했다.

이 상황에 고등학교 1학년인 수아가 임신을 했다는데 내가 마을회관에 가고 싶겠는가. 프엉까지 나서서 파프리카 넣고 잡채를 해드리자고 했다. 별로 내키지는 않았지만 마침 오후에 비 온다기에 마음이 기울었다.

나는 택배점에 가서 주문 받은 파프리카를 배송하고, 그동안 자스민과 프엉은 비품 상자에서 크고 싱싱한 걸로 골라놓았다. 마을회관으로 가는 차 안에서 자스민이 말했다. 수아가 요즘 초봉리에 안 오는 것 같다고. 추석에도 안 오지 않았냐고 묻는데 뭐라 대답할지 난감했다. 어학연수 가겠다던 수아 말이 생각나 어학연수 준비 중이라 바쁘다고 했다. 그러자 자스민이 필리핀에 영어 학원 많다면서 한국, 일본, 중국 학생들이 많이 온다고 했다. 수아도 필리핀으로 간다고 했는데. 하지만 수아의 희망 사항일 뿐. 그 몸으로 외국에, 그것도 공부하러 간다는 것은 말이 안 된다. 그럴 일은 일어나지 않을 것이다.

수아는 아직도 아르바이트를 하고 있으려나. 몇 번 사과 문자를 보내더니 이젠 그마저도 없다. 내가 답을 안 해서 그렇겠지만. 지금쯤 배가 불러 오겠지. 이젠 돌이킬 수 없는 시기가 되었다. 그 나이에 어울리지 않는 몸을 하고 있을 수아를 보기가 싫다. 생각만 해도 화가 난다. 생활비와 원룸 월세를 보내주는 것 이외는 아무 것도 해주지 않고 있다.

마을회관에 들어서자 할머니들이 오랜만에 왔다며 반가워했다. 막상 할머니들을 뵈니 눈물이 핑 돌았다. 그동안 나도 모르게 이 분들에게 정이 들었나 보다. 비난받을까 두려운 마음보다는 위로 받고 싶은 마음이 더 컸던가 보다. 주책없이 눈물이 질금 나와 얼른 주방으로 들어와 버렸다. 특히 뒷골 할머니를 뵙기가 힘들었다. 그 분이 나에게 무슨 말이라도 붙이면 엉엉 울어버릴 것 같았다.

2001년 11월 22일 월요일 맑음

오전에 수아로부터 문자가 왔다. 문자를 읽고 얼마나 놀랐는지 모른다. 곧 필리핀 행 비행기를 탄다면서 원룸의 짐을 빼달라는 거다. 순간, 이게 무슨 일인가 싶어 머릿속이 아득해졌다. 11

월 말에 떠나려했는데 하루라도 빨리 가는 게 나을 것 같아서 앞당겼다나. 그 문장 하나에 여러 가지 상황이 그려졌다. 임신 7개월이 가까워지니 그 몸으로 아르바이트하기가 힘들었겠지, 사람들의 시선도 불편했겠지, 이리구에게 또 들볶인 것은 아닌지…….

그러게 뭐 하러 사서 고생을 하냐고. 내가 아무리 모른 척 했기로서니 어떻게 한 마디 의논도 없이 외국으로 떠나는가. 아무리 내 딸이지만 뭐 이런 애가 다 있나, 하는 말이 저절로 터져 나왔다.

곧장 서울로 올라갔다. 수아 물건을 정리하다가 이리구라고 쓰인 라벨이 붙은 비닐 파일을 봤다. 파일 안에는 A4지 한 장이 꽂혀 있었는데 내용이 반밖에 채워지지 않았다. 별 내용이 없어서 두고 간 것 같았다. 버릴까 하다가 다시 보니 이리구와의 일이 꽤 세세히 적혀 있었다. 왼쪽은 날짜, 그 옆에는 이리구와의 일이 마치 일기처럼 적혀 있었다. 이리구를 만난 장소는 수아의 원룸이고, 이리구가 몇 시에 왔다가 몇 시에 갔는지, 뭘 대접했는지, 그날의 기분은 어땠는지 등등. 그런데 이리구가 10시쯤에 원룸에 왔다는데 그 시간에 수아는 학원에 있을 때다. 학원 수업을 듣다 말고 커피를 테이크아웃해서 원룸으로 왔다는 이야기다. 이리구가 그렇게 좋았나, 하는 생각도 들었지만 전혀 수아를 배려하지 않은 이리구에게 화가 났다. 무슨 데이트가 이런가, 하는 생각도 들었다. 영화를 보거나, 도서관을 가거나, 맛있는 걸 먹으러 간다거나. 산책을 한다거나, 그런 일정은 한 번도 없었다.

더 기가 막힌 내용도 있었다.

-절대 티내지 말라고 했는데 문자를 보내고 말았다. 오빠가 화내면 어쩌지?

도대체 이 녀석은 수아를 뭘로 본 건지…….

원룸에 있던 짐을 모두 싣고 초봉리로 왔다. 수아가 필리핀에 도착했음직한 시간이라 문자라도 보내볼까 싶어 스마트폰을 열었다. 다행히 잘 도착한 모양이다. 수아의 문자를 보고 있자니 가슴이 아려왔다. 자기 힘으로 해결해보겠다고 돈을 벌고, 외국에도 갔다니, 게다가 거기서 아기까지 낳아 오겠다니. 힘들어지면 바로 항복하겠지 했는데 뜻밖에도 수아는 자기 계획대로 진행하고 있다.

이렇게 해내는 아이를 계속 모른 척 할 수 없지 않은가.

수아 방에 짐을 부려놓는데 이리구 파일이 또 눈에 들어왔다. 부당해 보이는 그 기록을 보고 있자니 분노가 일었다. 지금 이리구는 아무 일 없다는 듯이 학교에 다니고 있고, 수아는 학교를 떠나 낯선 외국으로 갔다. 얼마 안 있으면 이리구는 대학에 합격하겠지. 그것도 명문대에. 이리구가 대학 캠퍼스를 활보하고 다닐 때 수아는 아기 엄마가 되어 있을 것이다. 이건 이리구 파일에 적힌 기록만큼이나 부당해보였다.

07
수아의 시간

어학원 셔틀버스가 도착한 곳은 도심에서 조금 벗어난 마을이었다. 어학원은 주택가 어름에 3층짜리 건물로 동그마니 서 있었다. 주변엔 나무의 나라라고 해도 될 만큼 나무가 많았다. 무슨 나무인지 이름은 모르겠지만. 언뜻 솔향기가 맡아졌다. 근처에 소나무숲이 있는 것 같았다. 솔향기 덕분인지 공기가 마치 탄산수를 머금은 듯 상쾌했다. 마닐라 공항에서 셔틀버스로 갈아타기 위해 걸어갈 때와는 사뭇 달랐다. 그땐 훅 끼쳐 오던 더운 공기 속에 필리핀 특유의 향신료 냄새가 났다. 뱃속에서 미세한 울렁임까지 일었다. 그동안 없던 입덧이 시작되려나 싶어 살짝 겁도 났는데 다행히 셔틀버스를 타고 오는 동안 잦아들었다.

수아는 한국의 가을 날씨와 비슷한 바기오의 선선한 기온이 마음에 들었다.

"하이?"

수아가 숙소에 들어갔을 때 여학생이 먼저 인사를 건넸다. 티셔츠에 쓰인 히라가나로 보아 일본인 같았다. 자기 이름은 조이이고 여기 들어온 지는 2개월쯤 되었다고 하는데, 누가 들어도 일본인 말투가 느껴지는 영어였다.

"Nice to meet you, Joy. My name is Sophia."

수아는 미리 준비해 둔 영어 이름을 댔다. 조이는 이름이 예쁘다고 말하더니 더 이야기하고 싶지만 자기는 지금 비상이라고 했다. 조금 후에 단어 시험이 있다나. 조이는 바쁘다는 듯 잰걸음으로 자기 책상으로 가고, 수아는 빈 침대로 가서 앉았다.

와이파이 비번을 찾아보니 마침 벽에 씌어 있었다. 와이파이가 연결되자 문자가 한꺼번에 쏟아져 들어왔다. 진동 소리가 너무 요란하여 조이 눈치를 봤는데 다행히 그녀는 헤드폰을 끼고 있었다. 수아는 재빨리 무음 모드로 바꾸고 문자를 확인했다. 이지영과 진이로부터 문자가 와 있었다. 이지영은 원룸에서 짐을 정리해 왔다는 내용을 적어 보냈다. 생각보다 담담했다. 한바탕 잔소리를 늘어놓을 수도 있을 텐데. 이젠 마음을 비웠는지 아니면 지쳤는지. 수아는 차라리 마음이 놓였다.

예상했던 대로 진이의 문자는 떠들썩했다.

김진이

너 정말 그러기야?
비행기 타기 직전에 문자 한 통 띡 보내다니!!

한번 보자고 해도 안 만나주고. ㅠㅠㅠ
해외, 그것도 몇 달씩이나 있을 거라며,
송별회도 없이 떠나는 게 말이 되니?

김진이

너 나랑 인연 끊으려고 해? 차단하면 죽는다. 정말!

진이 문자를 보고 있자니 도망치듯 떠났다는 사실이 되살아
났다. 길에서 A 고등학교 학생들을 마주치게 되면 가슴이 철렁
했다. 자기도 모르게 얼른 피하기까지 했다. 제법 불룩해진 배,
이젠 아무리 헐렁한 옷을 입어도 티가 확연히 났다. 임신하기 전
수아의 마른 몸매를 아는 사람이 봤다면 대번에 알아챌만했다.
결국 소문나게 될까 두려워 서둘러 떠난 것이다.

'도망친 게 맞아.'

마닐라 공항에 도착했을 때, 수아는 그동안 가슴 밑바닥을 누
르고 있던 먼지 덩어리 같은 것이 풀풀 날리는 기분이었다. 가볍
고 좋았다. 할 수만 있다면 그 기분 그대로 유지하고 싶었다.

솔직히 진이랑 연락을 끊으려고도 했다. 이런 저런 말을 나누
다보면 실수로 수아의 처지가 드러날 수도 있고, 그러다보면 소
문나기 십상이다. 진이를 못 믿어서가 아니라 누구라도 놀라운
사실을 알게 되면 혼자 알고 있기가 쉬운 일이 아니다. 너만 알

고 있어, 하고 귓속말한 것이 며칠 안 가 너도나도 다 알게 되는 경우도 있지 않은가. 수아는 그 기분 나쁜 수군거림이 싫었다.

소문도 소문이지만 다른 누구보다 진이에게는 털어놓기가 힘들었다. 이리구를 좋아해서 어렵사리 만나는 자리까지 마련한 진이였기에. 수아가 이리구를 만났다는 사실에 진이가 얼마나 실망할지. 생각만 해도 괴로웠다. 임신까지 했다고 하면 또 어떤 반응을 보일지. 쌤통이라고 하려나, 가엾게 보려나, 뭐가 됐든 수아를 곱게 볼 리는 없었다. 수아는 진이가 보낸 문자를 물끄러미 보고 있다가 두어 문장 찍어 보냈다.

소수아

> 그렇게 되었어. ^^ 귀국하면 보자.

돌이켜보면 임신하기 전과 임신한 후의 수아의 생활은 많이 달랐다. 대부분 자기와의 싸움으로 비롯된 것이다. 때때로 자기에게 항변하듯이 말하기도 했다. 임신이 뭐 어때서, 내가 불륜한 것도 아닌데, 하며. 필리핀으로 가는 것이 도망치는 것도 같고, 신분 세탁하는 것도 같았는데, 그런 기분도 맘에 들지 않았다.

수아는 나쁜 기분을 떨쳐버리듯 벌떡 일어났다. 캐리어를 끌어다 붙박이장 앞에 놓고 옷가지들을 꺼냈다. 걸 거는 걸고 쌓아 놓을 것은 쌓아 놓고, 서랍에 넣을 것은 서랍에 넣었다. 모기가 많다는 정보를 듣고 가지고 온 모기향도 꺼냈는데 이곳 날씨로 보아 모기향은 필요하지 않을 것 같아 도로 캐리어에 넣어두었다. 혹시 입맛이 안 맞으면 먹으려고 가지고 온 즉석밥과 도시락 김은 침대 옆 협탁 맨 아래에 차곡차곡 쌓아 놓았다.

얼추 짐 정리가 다 되었을 때 문자가 왔다. 1층 교무실로 내려오라는 내용이었다. 거기에선 필리핀인 선생님이 기다리고 있었다. 그는 클래스 배정을 위한 레벨 테스트를 한다고 했다. 어디서 왔나부터 앞으로의 계획이며, 바기오에 도착했을 때의 느낌을 물었다. 대답을 잘하면 잘할수록 질문의 수준이 높아졌다. 나중에는 한국의 아이돌에 대한 소개와 한국 드라마가 왜 외국에서 인기를 끄는지에 대한 질문이 나왔다. 질문은 알아들었지만 대답은 썩 잘 나오지 않았다. 피상적으로 한국 아이돌의 춤과 노래는 오랜 세월 갈고 닦은 것으로 숙련미가 있다고 했고, 드라마는 잘 보지 않아서 모르겠다고 했다. 수아가 하는 말이 문법상 틀리지는 않았는지 굿 잡이라는 소리를 들었다. 반 배정도 비교적 높은 레벨로 결정되었다.

방에 들어왔을 때 조이가 여전히 헤드폰을 끼고 있었다. 수아는 조용히 자기 책상으로 가 앉았다. 의자 끄는 소리를 들었는지 조이가 흠, 하고 기척 소리를 내더니 물었다.

"What are you going to do on weekends?" (주말에 뭐 할 거야?)

"Well, I'm not sure about that." (글쎄, 아직 확실히는 모르겠어.)

"Would you like to explore around here with me?" (나랑

이 주변 구경할래?)

"I'll think about it."(생각해 볼게.)

수아나 조이나 영어 회화는 비슷한 수준이어서 그럭저럭 대화는 통했다. 조이는 거기까지 말하고 자기는 단어 시험 보러 간다며 나갔다. 방을 나가기 전에 조이가 저녁 식사를 같이 하자면서 식당 앞에서 만나자고 했다. 자기는 수업을 마치고 식당으로 곧바로 갈 거라면서. 수아는 조이가 신입인 자기를 챙겨 주는 것 같아 고마웠다.

다른 한편으로 다행인 점도 있었다. 어학원에 들어와서 조이와 필리핀 선생님을 만났지만 둘 다 수아를 보고 유별난 반응을 보이지 않았다. 수아는 서서 자기 배를 내려다보았다. 혹시 표가 별로 안 나나 싶었는데, 그런 것도 같았다. 조금 뚱뚱한 여학생으로 보여질 수도 있을 것 같았다. 수아 자신이 마음 편한 쪽으로 생각하는 것일지도 모르겠지만. 한편으로는 남의 나라 어떤 여자 아이에게 생긴 일이라고 생각하면 무덤덤할 수도 있겠다 싶었다.

저녁 시간이 되자 음식 냄새가 올라왔다. 뷔페식이라 한국 음식도 있다고 들었는데 냄새만으로는 감을 잡을 수가 없었다. 기름 냄새와 향신료 냄새가 강해 그다지 유쾌하지는 않았다. 밥을 먹고 싶지 않았지만 조이 말도 있었고, 식당도 알아둬야겠기에 지하로 내려갔다. 계단을 내려가는데 조이가 승강기에서 내렸다. 수아는 조이에게 밥 생각이 없다고 말하고 바로 방으로 올라왔다. 배는 고팠으므로 안 먹을 수는 없었다. 개운한 거 뭐 없을까, 하다가 즉석밥에 물을 말아 후루루 퍼먹었다.

어학원 생활은 한국에서의 고교 생활만큼이나 바빴다. 월요일에서 금요일까지 아침 9시부터 90분씩 네 타임의 강의를 들어야 한다. 1대 1 프리토킹 수업도 한 시간 있는데 그건 아침 수업이 시작되기 전과 수업 끝나고 저녁 중 선택해서 들으면 된다. 수아는 한국에서 일찍 일어나던 습관이 있어서 아침 7시 30분 타임으로 정했다. 하루에 영어 단어 50개씩 외우고 테스트하고, 3주에 한 번씩 레벨 테스트를 받아 수업 내용을 조정했다. 어학원에서의 생활을 홈페이지 게시판에 올리는 일도 부지런히 했다. 이를테면 리뷰인 셈인데 건당 얼마의 돈으로 환산해 학원비를 깎아주었다. 수아는 아르바이트 하는 셈치고 부지런히 리뷰를 올렸다.

그러는 동안 수아는 입맛도 찾고 식욕도 왕성해졌다. 또 다른 변화는 하루가 다르게 배가 불러온다는 것이다. 조이는 수아의 식욕을 보고 살찌겠다고 걱정했다. 그러다 얼마 후엔 불룩 솟아오른 배를 보고 놀라워했다. 그럴 때마다 수아는 배를 가려 보려고 옷을 신경 써서 입었다. 8개월에 접어들면서부터는 가리는데도 한계가 있었다. 손으로 허리 뒤를 받친다든가, 엉덩이를 빼 앉는다거나, 임신부들만이 하는 특유의 행동을 자기도 모르게 하곤 했는데, 몇 번은 조이 눈에 띄곤 했다. 조이는 표정으로만 아는 체를 하고 별말은 하지 않았다. 수아가 재빨리 자세를 고치는 것을 보고 숨기고 싶은 비밀이 있겠다고 느꼈는지.

그러거나 말거나 수아는 필리핀까지 와서 남 눈치를 보고 싶지는 않았다. 어학원의 한국 학생들과 말을 섞지 않는 것도 사람들의 관심을 받고 싶지 않아서다. 이곳의 누구에게도 본명을 말하지 않은 것도 다 사람들로부터 자유롭기 위해서인데 배가 불러오면서 그게 좀 어렵겠다는 생각이 들었다.

이런저런 생각으로 불편한 시간을 이어 가고 있을 때 이리구로부터 문자가 왔다.

special

너 지금 어디니?

수아는 답문하기에 앞서 이리구의 프로필을 살펴보았다. 이리구의 옆모습 사진에다 상태 메시지는 'wire to wire'다. 이리구의 표정을 보고 싶었는데, 거의 뒤통수만 보이는 사진으로 그쪽이 얼굴이라고 알려주는 듯 코끝과 입술선만 조금 보일 뿐이었다. 어제까지만 해도, 아니 좀 전까지만 해도 프로필 비공개, 대화 차단 상태였다. 수아는 무슨 일이 있는가 싶어 조금 더 감을 잡으려고 시간을 끌고 있었다. 이리구가 너 뭐니, 하고 재촉하는 문자를 보냈다.

소수아

바기오에 있어요.

special

필리핀? 언제 갔어?

소수아

왜요?

special

지금 필리핀에 있는 거 맞지?

소수아

네. 그런데 왜요?

수아는 이리구로부터 무슨 말이 나오기를 기다렸으나 끝내 답문은 없었다. 그것으로 대화는 끝이었다. 수아가 이리구에게 대학 입시는 어떻게 되었냐고 물었지만 그 문자는 읽지도 않은 채 시간이 흘렀다. 문득 컵 홀더가 생각났다. 배낭 속주머니에서 컵 홀더를 꺼냈다. 이리구를 추억할 물건이 이거 하나뿐이라 챙겨 온 거다. 왜 선물을 주고받을 생각을 못했을까. 그것이 좀 아쉬웠다. 수아는 컵 홀더를 다시 배낭 속주머니에 넣어두고 스마트폰을 집어 들었다. 진이에게 문자를 보내 볼까, 잠시 망설이다 의심을 살 것 같아 그만두었다.

'이리구에게 무슨 일이 있으면 진이가 가만히 있을 리가 없는데…….'

수다를 떨고 싶어서라도 문자를 보낼 것이다. 아니나 다를까 얼마 안 있어 진이로부터 문자가 왔다.

김진이

> Hi, SooA!

김진이

> 좋은 소식과 나쁜 소식이 있는데 뭐부터 들을래?

소수아

> 좋은 소식.

김진이

> 오늘 첫눈 왔어.

소수아

> 정말?

김진이

> 눈 내린 시간은 일 분도 안 돼. 그나마 내리자마자 녹았어. ㅠ

진이는 하늘에서 내리고 있는 눈송이 사진을 보내 주었다. 젖은 길바닥 사진과 함께. 그럼 나쁜 소식까지 다 말한 건가, 수아는 피식 웃음이 났다. 어쨌든 첫눈이라니, 수아는 눈을 기대할 수 없는 필리핀 날씨임에도 창문가로 갔다. 정말 올핸 눈을 볼 수 없겠구나, 생각하니 하늘에서 풀풀 내리는 눈송이들이 그리워졌다. 수아는 아쉬운 마음에 진이에게 '여긴 비, 어제도 비'라고 써서 보냈다. 그랬더니 진이가 '필리핀은 비의 나라네. 에고' 했다. 그렇다고 나쁘다는 뜻은 아냐, 하고 말을 고쳐 주었다. 한번 비 내리고 나면 뽀드득 닦아 놓은 유리창처럼 말끔하다고. 수아가 문자를 올리자마자 진이가 이젠 나쁜 소식 말해도 되냐고 물었다.

김진이

> 학교가 발칵 뒤집어졌다니까.

소수아

> 왜?

김진이

> 리구 오빠. 우리 리구 오빠 어떻게 해~~~.

내심 기대하고 있었던 이리구 이름이 나왔다. 대학 입시 소식이라면 좋은 일 말고는 없을 텐데. 이리구는 A고등학교에서 가장 유력한 서울대 합격 예상자였다. 작년과 재작년에 서울대 합격생이 없어서 이리구가 올해의 영웅이 되기를 학교 전체가 기대를 걸고 있었다. 지금쯤 수시전형이 시작되었을 테니 빠르면 합격자 발표도 났을 터. 분명 합격 소식이 있으면 있었지, 나쁜 소식은 상상하기도 힘들었다.

소수아

> 무슨 일 있어?

김진이

> 투서라고 해야 하나?
> 리구 오빠가 지원한 대학에 누군가 투서를 했대.
> 오빠가 성추행을 했다는 거야. 말도 안 돼. ㄲㄲㄲㄲ

소수아

> 그래서?

김진이

> 수시 전형으로 합격했는데 취소당했다는 말이 있어.
> 상대 여자랑은 연락도 안 된다고 하던데,
> 뭐가 뭔지 나도 모르겠어.

소수아

> 그럼 누가 투서를 한 거야?

김진이

몰라. 빠치지 않냐?

소수아

그럼 그 오빠는 지금 어떻게 됐어?

김진이

몰라. 재수학원에 들어갔다는 말도 있고.

소수아

벌써? 일반전형은?

김진이

이 마당에 하나마나지.

소수아

경찰 조사는 안 받고?

김진이

증거불충분이라나? 피해자랑 연락도 안 되니까.

아, 그래서. 수아는 이리구가 연락한 이유를 알 것 같았다. 투서한 사람으로 수아를 염두에 둔 것이다. 수아가 필리핀에 있다니까 의심을 푼 눈치였는데……

'성추행이라니. 그럴 리가 없어.'

수아가 알고 있는 이리구는 그 누구보다 자기 앞날을 중요하게 생각하는 사람이었다. 너무 이기적이다 싶을 정도로 성적 관리도 철저했다. 언제나 자기 공부 일정에 맞춰 수아에게 오지 않았던가. 임신한 수아를 밀어낸 것도 자기 인생에 방해가 되기에 그랬던 거고. 섭섭했지만 어느 정도는 이해되는 면이 있어서 수아 스스로 순순히 이리구 주변에서 물러난 것이기도 했다. 그런데 수아와 그런 일을 겪고, 게다가 입시를 코앞에 두고 그런 일을 저질렀단 말인가. 그건 정말 아니다, 수아는 이 그럴듯한 소문을 믿고 싶지 않았다.

"그럴 리가 없어."

수아는 자기도 모르게 혼잣말로 중얼거렸다. 조이가 자기에게 뭐라는 줄 알고 반응하기에 한국에 첫눈이 내렸다고 둘러댔다. 조이는 자기가 살던 오사카엔 눈이 드물다고 말했다. 수아는 한 번 씨익 웃어 주는 것으로 대화를 끊고 책상으로 가 앉았다.

다시금 이리구 생각이 났다. 혹시 소문이 와전된 것은 아닐까. 일명 스카이 대학에 들어가기가 쉽지 않은 일이므로 제 아무리 잘난 이리구도 떨어질 수는 있다. 자존심 강한 이리구가 입시에 실패하고 욱하는 마음에 고등학교 졸업도 하기 전에 재수학원에 들어간 것이 억측으로 부풀려 나쁜 쪽으로 퍼졌을지도 모른다.

12월 중반을 넘기자 수아는 수아대로 진퇴양난에 빠졌다. 수아의 원래 계획은 1월 21일까지, 딱 두 달은 어학원에서 지낼 계획이었다. 그래서 59 외국인 등록증까지 발급받아 온 거다. 그 다음은 비자 연장을 해서 하숙집을 구해 나갈 생각이었다. 이렇게까지 배가 불러오기 전에는 그럴 수 있을 것 같았다. 그런데 주변에서 일어나는 상황에 의연해지지가 않았다. 이를테면 카메라 셔터 소리만 들려도 자기를 찍고 있는 것 같아서 깜짝깜짝 놀라게 되고, 둘 셋 모여 이야기하는 모습만 봐도 자기 이야기하는 것처럼 느껴졌다. 마주 오는 사람을 보거나 발자국 소리만 들려도 바짝 긴장되어 얼른 다른 방향으로 돌아서곤 했다. 학생들, 특히 한국 학생들 눈치가 보였다. 말이 아시아권 학생들을 위한 어학원이지 실상은 50%가 한국 학생이었다. 언뜻 언뜻 한국말이 들리면 가슴이 두근거리고 어디론가 숨고 싶었다.

그 무렵에 이지영으로부터 바기오에 오겠다는 문자가 왔다. 실은 12월에 접어들었을 때부터 이지영은 어학원에 있을만하냐는 문자를 보내곤 했다. 그때마다 괜찮다고 했건만 결국 못 참고 오기로 한 거다. 수아는 잘 되었다 싶어 얼른 필요한 참고서 목록을 써 보냈다.

이지영은 자스민과 함께 어학원 근처 카페에서 수아를 기다리고 있었다.

"으이구 정말 내가 못 살아. 몸은 괜찮은 거야?"

이지영은 수아를 보자마자 푸념 섞인 말을 쏟아내고, 자스민은 자기도 왔다는 듯 손을 살랑살랑 흔들었다.

"괜찮아. 자스민 언니까지 웬일이에요?"

"내가 같이 오자고 했어. 너 병원도 데리고 가고 방 구하는 것도 도움 받으려고. 그런데 너 기어이 여기서 아기 낳을 거야? 네가 귀국하자고 하면 데려갈까 하는데, 어때? 나랑 같이 갈래?"

"아니. 솔직히 어학연수는 핑계고, 아기 낳는 게 목적인데 이대로 갈 수는 없어."

"그래? 그럼 그건 아기 낳고 생각해 보자."

이지영이 답답하다는 듯 미간을 찌푸리며 덧붙여 말했다.

"너 병원 한 번도 안 가봤지? 같이 병원 가서 진찰 받자. 자스민이 안내해줄 거야."

"별 이상 없는 거 같은데……. 뭐하러 가?"

"으이구. 그러면서 무슨 애를 낳는다고."

이지영이 또 핀잔을 하자 자스민이 넌지시 한 마디 거들었다.

"사장님, 오랜만에 만났는데 좋은 말만 해요."

"얘 이런 꼴 보는 게 너무 속상해서 그래. 내 말 안 듣고 자기 고집으로 여기까지 온 거라 내가 진짜 끝까지 모른 척 하려고 했다니까."

수아는 결국 이지영이 예전의 엄마로 돌아왔구나, 하고 안심했다. 가지고 온 돈도 그다지 넉넉한 편이 아니라 앞으로가 걱정되던 차였다. 아기 낳는 것까지는 어찌어찌 해 보겠는데, 그 다음은 솔직히 암담했다. 정말 돈이 모자라면 버티는 데까지 버티다가 귀국할 생각이었다. 그때는 복학이고 뭐고 없이 정부 지원금으로 아기만 키우며 사는 거다. 이지영이 문자로 앞으로의 계획을 물었을 때 그런 뜻을 비춘 적이 있었는데, 그 때 이지영의 마음이 흔들린 것 같았다.

"고마워, 엄마. 여기까지 와줄 줄 몰랐어. 자스민 언니도 고마워요."

수아가 울먹이자 이지영이 빙긋 웃으며 말했다.

"자식 이기는 부모 없다더니. 나도 별수 없지 뭐."

자스민도 한 마디 거들었다.

"사장님이 수아 덕분에 비행기 타 본다고 좋아하셨어."

"그래. 이게 내 첫 해외여행이다. 이런 일로 외국에 오게 될 줄은 몰랐어."

이지영이 말끝에 웃음을 터트리자 자스민도 수아도 같이 웃었다.

"그런데 엄마, 책은 가져왔어?"

이지영이 캐리어를 수아 쪽으로 밀어 주었다. 캐리어엔 국 영수 참고서에 문제집이 가득 담겨 있었다. 한 권 한 권 헤아리고 나서야 고개를 드는 수아를 보고 이지영이 말했다.

"지금은 공부할 수 있어도 아기 낳으면 쉽지 않을 거야. 그때 가서 안달복달할까봐 벌써부터 걱정이다. 지금부터 각오하고 있어. 공연히 우울해하지 말고."

"공부 스케줄 짜 놓았어. 2월초가 산달이니까 그 전에 진도를 많이 빼놓을 거야."

"어련하겠어."

이지영이 빵빵한 밤색 가방을 가리키며 이어서 말했다.

"이 가방은 아기 용품 들어 있어. 너 입을 옷도 있고. 이젠 임부복 입어야 할 거야."

수아는 길고 헐렁한 티에 레깅스를 입고 있었다.

"수아, 사장님이 최고 좋은 걸로 골랐어."

자스민이 이어서 바기오 시내에 있는 이모네 집에 가자고 했다. 세 사람은 어학원에 들러 책이 든 캐리어와 아기 용품이 든 가방을 놓고, 바로 자스민을 따라갔다. 그 집은 2층의 허름한 시멘트 건물이었는데 1층이 자스민 이모네 집이었다.

자스민의 이모 안젤라는 적극적으로 세 사람을 집 안으로 들였다. 집안은 좁고 살림살이는 조악했지만 정리가 잘 되어 있고 깔끔한 편이었다. 거실 겸 주방에 서서 안젤라가 자기 집에 방이 한 칸이 남는다고 했다. 아들이랑 자기는 한 방을 쓰고 작은 방은 수아에게 빌려 줄 수 있다는 것이다. 자스민이 이모부는 돈 벌러 세부에 가서 1년 후쯤에야 올 거라며 거들었다.

이지영은 안젤라를 마음에 들어 했다.

"생면부지 낯선 사람보다는 낫지 않을까?"

조금이라도 아는 사람 집에 수아를 머물게 하고 싶은 거다.

"응. 나도 그래."

제임스라는 남자아이가 안젤라 뒤에서 수줍은 듯 배시시 웃고 있었다. 수아도 여덟 살 쯤 되는 이 귀여운 꼬마에게 눈인사를 해주었다. 안젤라가 제임스는 외롭게 자라서 수아가 와 준다면 매우 기뻐할 거라고 했다. 이지영은 이런 분위기가 좋은지 한 술 더 떠 안젤라가 산후조리까지 해줄 수 있으면 좋겠다고 했다. 그 말을 자스민이 안젤라에게 전해주니 안젤라가 환하게 웃었다. 뭐라 대답은 안 했지만 좋아하는 것 같았다.

이지영은 안젤라와 크리스마스 다음날에 이사 오는 것으로 계약하고, 자스민을 앞세워 병원으로 향했다. 셋은 자스민 말대로 택시를 타고 바기오 시내의 산부인과병원으로 갔다. 자스민 말로는 필리핀에 사는 한국인들이 선호하는 병원이라고 했다. 병원에 도착하자 자스민이 마치 가이드처럼 나서주었다. 한발 먼저 가서 접수대에 서 있고, 접수한 다음엔 간호사의 말을 먼저 알아듣고 진료실로 안내해 주었다. 수아는 의사가 초음파를 찍고 오라고 해서 초음파실로 가서 사진을 찍은 다음에 다시 진료실로 왔다. 자스민은 친절하게도 일일이 수아를 데리고 다녀주었다. 의사는 초음파실에서 넘어온 사진을 보고 아기가 건강하다고 했다. 이지영이 자스민이 통역해 주는 말을 듣고 빙글 웃었다. 수아는 아기 이야기에 이지영이 웃는 모습을 처음 봤다. 고맙기도 하고 안심이 되기도 했다. 궤도를 벗어난 기차가 이제야 자기 길을 찾아 달리는 기분이었다.

2ㅇㅇ1년 11월 24일 수요일 맑음

A고교 수아네 반 담임 선생님한테 상담 요청을 하고 서울로 올라갔다. 담임선생님은 생각보다 앳돼 보였다. 단발머리에 흰 셔츠와 조끼를 레이어드해 입고 있었는데, 언뜻 보면 학생처럼도 보였다. 언젠가 수아가 대학을 갓 졸업한 선생님이라고 했던 것 같은데 정말 그래 보였다. 선생님은 안 그래도 수아에게 전화를 하려고 했는데 아직 못했다고 했다. 지금쯤 필리핀에 가 있겠네요, 하기에 고개를 끄덕여주었다. 자기 학생이 갑자기 휴학을 했는데 참 무심하다는 생각이 들었다.

내 얼굴빛을 읽었는지 선생님이 조금 수다스러워졌다.

수아 같은 수재를 놓친 것 같아서 안타깝고, 영어도 잘해서 굳이 어학연수를 안 가도 명문대는 떼어 놓은 당상이고, 내년에는 꼭 복학해야 한다나…….

말하는 걸 보면 아직도 수아의 사정을 전혀 모르고 있는 것 같았다. 수아가 휴학계를 냈다는 말을 전해줄 때도 그러더니, 여전히 깜깜해 보였다. 분명히 수아의 행동거지가 달라졌을 텐데, 그게 안 보였을까. 어쩌면 이리구 부모가 미리 손을 써서 철통보완을 했는지도 모르겠다. 알면서도 모른 척 하고 있는 것인지도 모르겠고.

수아에 대하여 딱히 질문할 게 있어서 온 것은 아니지만 그래도 신중한 척 질문 하나를 던졌다. 어학연수 갔다 온 후에 수아의 거취에 대하여. 선생님은 수아가 내년 2학기에 온다면 1학년 2학기로 복학을 하게 될 거라고 말했다. 느닷없이 어학연수를 가서 걱정이라고 했더니 영어 공부하면서 다른 과목 공부도 같이 해야 할 텐데, 하며 수아에게 꼭 전해주라고 부탁조로 말했다.

나는 잘 알겠다는 표정으로 깊이 고개를 끄덕이다가 슬쩍 이리구에 대한 유도 질문을 했다. 올해 A고교에서 서울대에 몇 명이나 갈까요, 작년에는 한 명도 없었던 걸로 알고 있는데요, 했더니 올핸 서울대 합격생이 나올 거라고 장담했다. 그 학생이 A고교의 자랑이라며 옆 선생님에게도 동의를 구하듯 그렇죠, 하고 물었다.

옆 선생님이 11월 모의평가 전국 5등 한 학생이 있다고 했다. 마치 그 증거를 대겠다는 듯 '이리구'라는 이름을 입에 올렸다. 나는 거기까지만 듣고 자리에서 일어났다. 교무실에서 나와 3학년 1반 교실을 찾아갔다. 이리구는 전교 1등일 테니 당연히 1반일 것이다. 마침 쉬는 시간이라 복도에 학생들이 나와 있었다. 창문으로 1반 교실 안을 들여다보았더니 남학생 중에 단연 눈에 띄는 아이가 있었다. 하얀 얼굴과 우뚝한 콧날. 밤중이었지만 카페 앞에서 '왜 또' 하고 외치던 이리구의 실루엣이랑 겹쳤다.

저 녀석이 맞나, 하고 좀 더 관찰해 보았다. 다행히 오래지 않아 이리구를 부르는 목소리가 들렸다. 곧이어 한 여학생이 이리구의 책상 위에 음료수병을 올려놓았다. 그러자 이리구가 뭐라고 말했다. 입 모양과 표정으로 보아 이러지 말라니까, 라고 했던 것 같다. 여학생은 쑥스러워하면서 교실 문 쪽으로 뛰듯이 걸었다. 다른 반 학생인 모양이다. 이리구는 여학생이 미처 교실을 빠져나가지 않았는데도 음료수를 옆에 앉은 학생에게 던지듯 건넸다. 이리구 표정으로 보아 여학생으로부터 러브콜을 한두 번 받아본 게 아닌 것 같았다. 이리구는 저런 식으로 공개 연애를 하지 않을 거다. 수아에게 문자도 못 보내게 하고, 절대 티내지 말라는 엄포를 놓은 것으로 보아. 순진한 여학생들이 편지니, 초콜릿이니, 음료수를 내밀겠지만, 그런 아이들은 거들떠도 안 볼 걸. 이리구는 비밀연애를 지향하는 녀석이니까. 다른 꿍꿍이가 있는 녀석이니까.

2001년 12월 15일 수요일 맑음

요 며칠 하우스 한 동을 더 짓느라 바빴다. 그래서 서울에 올라갈 틈이 없었다. 그 대신 이리구에 대하여 중요한 정보를 알아냈다. 학교 홈페이지에 보니 이리구가 벌써 K대학에 수시합격했다는 소식이 있었다. 이리구 SNS에는 K대학 합격 소식과 함께 서울대와 Y대학에 원서를 냈다는 글이 있었다. 역시 일류대를 공략하고 있었다. 댓글이 온통 칭찬과 축하 일색이다. 서울대 가자, 수능 올 1등급, 대박 신화 등등. 이런 아이가 서울대 가는 것은 아니지. 나는 이 아이가 일류대생이 되는 것을 두고 볼 수 없다.

지금쯤 이리구는 자유를 만끽하고 있을 것이다. 그만큼 어디로 튈지 가늠하기가 어려워졌다.

이리구의 SNS를 열어 보았다. SNS는 무작정 학교 앞이나 집 앞에서 이리구를 기다리는 것보다 훨씬 효율적이다. SNS엔 여러 가지 씨앗을 뿌려 놓은 것처럼 오만 가지 정보들이 올라온다. 그 중 언제 어디서 뭐 한다는 글이 있으면 나도 준비 태세다. 게시판을 꼼꼼히 살펴보았다. 이리구의 거취에 대한 내용을 찾아야 했다.

최근 댓글에 15일에 만나자는 내용이 있었다. 그 댓글에 대한 답글로 이리구가 그날은 저녁에 약속이 있다고 썼다. 15일이면 오늘이다. k대학도 합격했겠다, 입시도 얼추 끝났으니 뭔가 특별한 약속일 것 같았다. 나는 이리구의 집 근처로 가서 이리구가 나오기를 기다렸다. 5시쯤 되었을 때 이리구네 집 차고 문이 열렸다. 빨간 스팅어, 이리구가 끌고 다니던 차다. 스팅어가 골목을 빠져나갈 때 내 트럭도 그 뒤를 따랐다. 스팅어는 B여대 쪽을 향했다. B여대 앞 파스타 식당. 이리구가 스팅어에서 나와 식당 안으로 들어갔다. 나는 옆 식당으로 들어가 스팅어가 잘 보이는 곳에 자리 잡았다.

얼마 후 이리구가 여자를 데리고 나왔다. 나는 재빨리 식당에서 나와 트럭에 올라탔다. 스팅어는 어둠을 뚫고 서울 외곽으로 나갔다. 이리구 운전 실력이 많이 좋아진 듯 제법 코너링도 부드러워 보였다. 그런데 이리구가 운전할 나인가. 어쨌든 나는 이리구를 놓치지 않고 스팅어를 따라붙었다. 모텔이라도 가는 줄 알았는데 그건 아니고 호숫가였다. 호숫가에 차를 세운 이리구. 나는 스팅어에서 30m쯤 뒤에 트럭을 세워놓고 시동을 껐다.

이리구가 차 안에서 무슨 짓을 하는지. 가까이 가서 사진을 찍으면 좋겠지만 그건 너무 위험해서 스마트폰을 촬영 모드로 바꿔 놓고 지켜보기만 했다. 오래지 않아 차 문이 열렸다. 조수석에서 여자가 튀어나왔다. 여자가 어깨에서 흘러내린 코트와 가방을 부여잡고 뛰었다. 나는 얼른 그 여자에게 초점을 맞춰 촬영했다. 이리구도 셔츠 차림으로 차에서 나왔다. 이리구가 여자를 쫓아가더니 기어이 여자의 손목을 잡아챘다. 스팅어에서 나오는 전조등 덕분에 이리구와 여자가 제대로 카메라에 잡혔다. 이리구가 여자를 차 있는 쪽으로 끌어당기자 여자가 버텼다. 버티는 것을 보아 여자는 쉽게 끌려갈 것 같지 않았다. 이리구가 포기한 듯 뭐라 소리 지르더니 스팅어로 뛰어왔다. 그때 이리구의 얼굴이 카메라에 제대로 잡혔다.

　길바닥에 주저앉은 채 울고 있는 여자를 내버려두고 이리구가 떠났다. 나는 여자에게로 가서 말을 건넸다. 여자는 몹시 떨고 있었다. 그 여자를 집까지 데려다주었는데 가면서 슬쩍 물어봤더니 대학생이라고 했다. 그 대학생은 이리구가 호시탐탐 스킨십 할 기회만 노리는 것이 불쾌하여 오늘 그만 보자는 말을 하려고 했다는 것이다. 그런 낌새를 알아차렸는지 이리구가 도발하는 바람에 이렇게 된 거라고 했다. 그 여대생에게 연락처를 물어봤으나 대답해 주지 않았다. 무섭고 잊고 싶다는 말만 반복했다.

　집으로 돌아와 오늘 찍은 사진을 세 장씩 프린트했다. 여자 얼굴에 스티커를 붙여 모자이크 처리를 하고, 이리구에 대한 글도 써 세 장 프린트했다. 사진과 글은 이리구가 합격한 대학과 지원한 대학의 주소를 적은 봉투에 각각 넣었다. 내일 아침에 등기 속달로 부칠 것이다.

ⓞ8
선물

어학원을 떠나기로 한 이틀 전에 매니저가 수아에게 상담을 요청해 왔다. 그는 기숙사 생활이 정 불편하면 통학해도 된다고 했다. 어학원 특성상 학생들이 외국인이라서 기숙사 생활을 하지만 숙소가 따로 있다면 굳이 입소할 필요가 없다는 거다. 하루에 한두 타임만 들어도 학생 신분을 보장해주고 관리를 받을 수 있다면서.

수아는 매니저의 제안에 솔깃했다. 두 타임 정도만 수업을 듣는다면 학생들과 덜 부대끼니까 견딜 수 있을 것도 같았다. 안젤라 집이 다소 멀어서 문제지만. 만약 통학을 하게 되면 30분 정도는 운동 삼아 걸어도 되고 영어 공부를 더 할 수 있어서 좋긴 했다. 조이에게 그 말을 했더니 적극적으로 권했다. 안 그래도 수아가 떠나는 것에 섭섭해 하던 차였다면서. 며칠 전에 입소한 중국인 라라도 좋다고 거들었다. 라라는 붙임성이 좋아 단 하루 만에 수아와 조이를 스스럼없이 대했다. 영어도 꽤 잘하는 편이다.

수아는 어학원 통학 문제는 현실적으로 다시 생각해 봐야 했다. 자기 몸 상태로는 얼마든지 가능하지만 예상 밖의 비용이 발생하기 때문이다. 애초 계획은 어학원을 졸업하고 하숙을 할 거라 하숙비와 학원비를 동시에 내게 되는 상황은 염두에 없었다. 만약 영어 공부를 할 욕심에 어학원을 더 다니게 되면 안 그래도 빠듯한 재정에 문제가 생긴다.

수아의 속을 짐작한다는 듯 조이가 나섰다.

"Sophia, why don't you ask your mom for help? I thought Korean parents would do anything for their children's education"(소피아, 너의 엄마한테 도움을 요청하는건 어때? 한국 부모님들은 자식들의 교육을 위해서는 뭐든하자나)

조이는 어디서 들었는지 마치 한국 부모만 그런 것처럼 말했다.

"Most parents would, but my case is different."(대부분은 그렇지만 내 경우는 다르잖아.)

라라는 수아를 이해한다는 듯 고개를 끄덕이며, 만약 자기가 수아 경우라면 부모님이 병원부터 데려갔을 거라고 했다. 그 조건부터 내걸고 유학이든 어학연수든 보내주었을 거라나. 그러면서 수아 엄마는 두 가지 다 수용해준 것만 해도 대단한데 더 뭘 요구한다는 것은 힘들 수도 있을 것 같다고 했다.

'아무래도 안 되겠어. 여기서 더 욕심 부리면 안 돼.'

수아는 계획했던 대로 20일에 어학원을 졸업하기로 했다. 그동안 쇼핑 같은 것은 거의 하지 않았는데도 짐이 많이 늘었다. 다달이 영어 교재를 새 것으로 바꾸는 바람에 책만 해도 한 짐이었다. 게다가 이지영이 한국에서 가져온 고등학교 교재도 만만치 않았다. 어차피 가방 하나가 더 필요했다. 아무것도 안 산다 하면서도 조이랑 관광할 때 필리핀 전통 목각 인형 한 점과 편히 입으려고 산 품 넓은 셔츠 두 장과 헐렁한 바지도 하나 있었다. 조이가 자기 붙박이장에서 튼튼한 종이가방 하나를 꺼내 왔다. 덕분에 무거운 책들은 캐리어에, 옷가지들과 슬리퍼, 세면도구 등은 종이가방에 넣어 옮길 수 있게 되었다.

수아는 안젤라의 집에 점심시간에 맞춰 도착하려고 일부러 천천히 움직였다. 그래야 안젤라가 마트에서 일하다가 나와 볼 수 있기 때문이다. 안젤라의 집까지는 택시를 타고 갔다. 역시 안젤라는 제임스와 함께 집 앞에 나와 있었다. 두 사람은 택시가 다가오자 수아임을 알아채고 손을 흔들어 표시해 주었다. 수아가 택시에서 내리자 제임스가 뛰어와 가방을 받아 들었다. 안젤라는 택시 뒤로 가서 트렁크가 열리기를 기다렸다. 기사가 트렁크를 열자 안젤라가 냉큼 팔을 뻗어 캐리어를 끌어냈다.

수아는 그들의 뒤를 따라 집 안으로 들어갔다. 거의 통로 같은 거실을 지나 작은 방으로 들어서니 전에 없던 물건들이 눈에 띄었다. 매트리스, 비닐 옷장, 좌식책상. 수아는 책상을 보고 빙그레 웃었다. 안젤라가 책상 옆에 캐리어를 놓아 주며 말했다. 자스민이 책상은 꼭 필요하다고 말했다고. 보아하니 중고품 시장에서 구해온 눈치였다.

수아가 활짝 웃으며 고맙다고 말했다. 다른 무엇보다 책상을 준비해 준 것이 고마웠다. 짐을 다 들여놓자 안젤라가 마트에 가봐야 한다며 나갔다. 제임스도 안젤라 뒤를 줄레줄레 따라 나갔다. 수아는 방 모서리에 놓인 책상을 창문 아래로 옮겨 놓고, 캐리어를 열어 책을 꺼냈다. 어학원에서 가져온 영어 교재는 문 뒤에 쌓아 놓고, 고등학교 교재는 책상 옆에 쌓아 놓았다. 그런 다음 비닐 옷장의 지퍼를 열어 옷을 정리했다. 한참 방 정리를 한 다음 매트리스로 가 걸터앉았다. 어디서 구했는지 낡아 보이긴 하지만 씌워 놓은 시트가 깨끗해서 그런대로 맘에 들었다. 수아는 방 안 풍경을 여러 컷 찍었다. 그리고 지금쯤 걱정하고 있을 이지영에게 사진을 보내 주었다.

이지영

> 이사 잘 한 거야? 택시 불러서 짐 날랐지?

소수아

> 응. 맘에 들어.

이지영

> 불편하겠지만 조금만 참아. 몸은 어때?

소수아

컨디션 좋아. 아무 문제없어.

이지영

그래. 다행이다.

소수아

응. 엄마, 고맙고 미안해. 폐 끼치고 싶지 않은데
그렇게 되었어.

이지영

난 네가 건강하기만 하면 돼.
그런데 책상이 좀 그렇다. 불편할 텐데.

소수아

괜찮아. 안젤라가 특별히 챙겨준 거야.

이지영

이제부터 공부는 적당히 해.
종일 쪼그려 앉아 있지 말고.
아, 그리고 이젠 돈 걱정하지 말고 편히 지내.

소수아

출산 비용은 있어. 어학원을 다 못 채워서
환불도 조금 받았고.

이지영

^^ 일단 입금했으니 확인해 봐.

소수아

고마워 엄마. 실은 출산 비용이 좀 비싼 것 같아서 걱정했어.
외국인들에게는 좀 비싸게 받나봐.

이지영

철저하게 다 알아본 것 아니었어?

소수아

내 딴에는 철저했지. 하지만 자꾸 변수가 생겨서.
어학원도 다 못 채우고 나와야 하고. ㅜㅜ
어학원도 거의 두 달이나 미뤄져서 들어간 거잖아. ㅜㅜ.

이지영

그렇지, 지금 이게 보통일이냐??
앞으로 또 어떤 변수가 있을지 몰라.

소수아

엄마가 있어서 다행이야.

이지영

이상한 말이나 하지 마.
그때 내가 얼마나 상처받았는지 아니?

소수아

그 말 잊어줘. 정말 잘못했어.

이지영은 아직도 수아가 썩 마음에 드는 건 아니라고 하더니, 그렇게 말한 것이 미안했는지 이런저런 애정 있는 잔소리를 열심히 써 올렸다. 가능하면 시간을 정해 놓고 산책을 했으면 좋겠다고도 하고, 안젤라에게는 수아가 좋아하는 요리를 부탁해 놓았다고도 했다. 열심히 올라오는 이지영의 문자를 보고 수아가 피식 웃었다. 이지영이 예전의 엄마로 완전히 돌아온 것 같았기 때문이다. 한결 마음이 편안해졌다.

수아는 다음날부터 독학 생활에 돌입했다. 아침 7시에 일어나 마치 학교에서처럼 시간별로 과목을 정해 공부했다. 혼자 하는 공부라 시간이 턱없이 부족했다. 인터넷 강의를 다운 받아 듣고 싶었지만 그러려면 근처 카페로 가야 했다. 기분 전환 삼아 가끔은 카페 나들이를 해도 되겠지만 매일 가서 서너 시간 인터넷 강의를 듣는 것은 무리였다. 어쩔 수 없이 좌식책상에 앉아 수행하듯 혼자서 책을 파는 수밖에 없었다. 일주일에 한 번은 스스로 시험까지 봤다. 시험성적이 시원치 않으면 다시 앞으로 돌아가서 복습하고, 그 반대면 진도를 나갔다.

그러는 동안 몸은 하루가 다르게 달라졌다. 생각보다 배가 많이 불러왔다. 가느다란 작대기에 커다란 수박덩이가 매달린 것

같았다. 때때로 수박의 한 귀퉁이가 불룩 튀어나왔다가 들어가
곤 했다. 신기하게도 뱃속에서 아기가 놀고 있었다. 수아는 아기
에게 말이 걸고 싶어졌다. 아기를 부를 이름도 있으면 좋겠다고
생각했다.

"수박 어때? 잘 있는 거지? 수박아."

아기는 마치 대답하듯 배를 누르며 지나갔다.

"우리 곧 만나자, 수박아."

태명은 이런 식으로 얼결에 만들어졌다. 막달이 되어서야 겨
우 붙여진 이름. 수아는 아기와 대화를 할 여유가 생겨서 좋았다.
그동안은 너무나도 몰아치듯 정신없이 살았다. 부끄러워 숨고만
싶었고, 뭔가 해결해야 하는 부담감 때문에 조급했다. 안젤라의
집에 들어온 다음부터는 혼자 있을 수 있는 방이 생긴데다 눈치
볼 사람이 없어서 좋았다.

출산일이 가까워질수록 좌식책상 앞에 앉아 있는 것이 많이
힘들어졌다. 배와 허벅지 사이, 겨드랑이, 오금같이 살이 접히는
부분엔 땀띠가 오돌토돌 솟았다. 한번 긁으면 간지럼이 점점 더
심해서 종일 그 부분으로 손이 갔다. 나중에는 핏물이 맺히는 것
을 보고 나서야 긁기를 멈췄다. 수아가 안젤라에게 그 고충을 이
야기하자 식탁을 사용하라고 권했다. 수아는 아쉬운 대로 그러
기로 했다. 2인용 작은 식탁은 식사 때를 제외한 나머지 시간엔
책상으로 탈바꿈했다.

악착같이 공부에 매달리는 수아를 볼 때마다 안젤라는 걱정을 늘어놓았다.

"Why don't you go for a walk in the afternoon?" (오후엔 산책하는 거 어때?)

안젤라가 이 근처에 유명한 공원이 있다고 덧붙여 말했다. 산책이라는 소리에 제임스가 눈을 반짝이며 안젤라에게 소곤거렸다. 다 듣고 난 안젤라가 말하길 자기도 수아와 호수에 가고 싶다고 했단다. 수아는 안젤라의 조언을 받아들였다. 제임스가 동행해 준다면 의지가 될 것도 같았다. 제임스에게 학교에서 돌아오면 산책을 하자고 했더니 제임스가 좋아서 활짝 웃으며 외쳤다.

"Good good!"

제임스가 학교에서 돌아오길 기다린 수아는 산책길에 나섰다. 제임스는 신나서 앞서 뛰어갔다. 뛰어가다가 수아와 너무 멀어졌다 싶으면 다시 뒤돌아와 옆에서 걸음을 맞췄다. 그러다 또 제임스가 한참 앞서서 걸었다.

"James, is there any place to sit?" (제임스, 어디 앉을 데 없을까?)

수아가 가쁜 숨을 몰아쉬자 제임스 얼굴이 어두워졌다. 안젤라가 출근하면서 제임스에게 수아를 보호해야 한다는 말을 거듭 강조했기 때문에 걱정이 되었던 거다. 제임스가 급히 두리번거리더니 길가에 도톰하게 올라온 턱을 가리켰다. 수아가 그리로 가 앉아 손수건으로 이마와 목덜미의 땀을 닦았다. 제임스가 가려던 길 쪽을 기웃거렸다. 호수에는 못 갈 것을 예감하고 아쉬워하는 것 같았다. 아닌 게 아니라 공원은 생각보다 멀었다.

"Pine smell."(솔 향기네.)

제임스가 공원에서 흘러나오는 거라고 했다. 수아가 공원에 소나무가 많으냐니까 긴 연못 주변으로 오래된 소나무가 아주 많이 늘어서 있다는 거다. 제임스는 말을 맺으면서 수줍게 빙긋 웃었다. 그 표정이 꼭 가고 싶다는 뜻 같아서 수아는 아쉽지만 오늘은 무리라고 했다. 그나저나 솔향기를 맡는 것은 좋았다. 어학원 근처에도 소나무 숲이 있어서 늘 솔향기를 맡았다. 덕분에 처음 외국 생활을 하는 건데도 덜 낯설었다. 한국에 많은 소나무를 필리핀에서도 볼 수 있다니. 수아는 필리핀에 소나무가 많은 것이 신기했다.

한국을 떠올리니 이리구 생각이 났다. 진이가 이리구에 대하여 알아보고 연락을 할 줄 알았는데 아직 소식이 없었다. 겨울방학 중이라 그런지. 개학을 해서 학교에 가야 제대로 된 소식을 알 것이다.

'정말 성추행으로 대학교 합격이 취소되었을까.'

수아는 나쁜 생각을 털어 버리듯 고개를 저었다.

'그럴 리가 없어.'

한번 떠오른 이리구에 대한 생각은 좀처럼 머릿속에서 지워지지 않았다. 집으로 돌아온 수아는 진이에게 넌지시 문자를 보내봤다.

소수아

진이야, 뭐해? 학원이니?

마치 기다렸다는 듯이 진이가 문자를 바로 확인하고 답문을
보냈다.

김진이

응. 쉬는 시간.

진이 말투가 사뭇 낯설었다. 보통은 하이? 모해? 하면서 약간
까부는 듯한 말투였는데. 수아는 공연히 문자를 보냈나 싶어 조
심스러워졌다. 뭐라 답문을 보낼까, 잠시 생각하고 있는 사이에
진이가 또 문자를 보냈다.

김진이

이런 이야기해도 되나 싶은데. ㅜㅜㅜ
이상한 소문이 돌아서.

소수아

무슨?

김진이

실은 이리구 하고 너에 대한 건데,
허무니없어서 말이야.

소수아

뭔데? 리구 오빠 일은 진짜니?

김진이

오빠는 무슨. 이리구 재수 없다. 쓰레기.
성추행 사실이고, 지금은 경기도 어디에 있는 기숙 학원에
들어갔다고 하더라. 그건 그렇고. 너 혹시 이리구랑 사귀었니?
네가 갑자기 휴학하고 필리핀 가니까 누군가 이리구랑
엮어서 소설 쓴 것 같아. 헛소문이지

진이가 일부러 그러는지 마지막 문장에 문장부호를 붙이지
않았다. 그 탓에 수아는 질문인지 단정인지 몰라 잠시 헷갈리다
단정으로 몰아가는 답문을 써 올렸다.

소수아

소문은 대부분 가짜야.
게다가 헛소문은 세균과 같아서 단숨에 퍼지지.

김진이

세균? ㅜ 웬 오버 ^^ ㅋ

어떻게 그 소문이 났을까. 그 순간, 수아는 소문이 날만한 상
황이 있었나 떠올려보았다. 이리구랑 남의 눈에 띌만한 행동을
한 적은 없었다. 거의 수아의 원룸에서만 만났으므로. 그래도 걸

리는 것이 있다면 편의점에서 한번 본 거랑 원룸 앞 카페에서의
마지막 만남이다. 하지만 그 장면을 누가 봤다면 이미 한국에 있
을 때 소문이 났을 거다. 이제 와서 그 일이 터질 리는 없었다.

김진이

> 더 쇼킹한 일도 있어. 네 임신한 사진이 돌고 있단다. ㅠㅠ
> 실은 나도 그 사진 봤는데 깜짝 놀랐어. 딱 너 같은 거야.
> 옆모습인데다 얼굴을 가려서 아닌 것 같기도 하지만.

소수아

> 그럴 리가.

　

수아는 대충 몇 자 적어 보내고 얼른 어학원 홈페이지로 들어
갔다. 임신한 사진이라면 어학원 게시판이 의심스러웠다. 누군
가 리뷰에다 수아의 사진을 첨부한 것이리라.

한국인 학생이 올린 리뷰 중에 사진 여러 장이 첨부된 글이 있
었다. 수아는 사진부터 살펴보았다. 로비 풍경, 매점에서 음료를
주문하는 학생들, 프리토킹 방에서 대기하고 있는 학생, 식당에
서 밥 먹고 있는 풍경 등. 대부분 인물이 나온 사진은 옆모습이
나 뒷모습이었다. 드물지만 얼굴이 정면으로 나오거나 뺨이 조
금 나오는 옆모습이라도 이모티콘으로 얼굴이 가려져 있었다.
수아는 이모티콘으로 가려진 인물들을 자세히 봤다. 밥 먹고 있

는 사람 중에 눈에 익은 옷을 입은 여학생이 있었다. 트레이닝 바지에 체크 셔츠. 수아는 단번에 자기임을 알아챘다. 팽팽하게 당겨진 배 부분에서 눈길이 멈춰졌다. 서 있을 때는 여유 있었는데 앉은 모습을 보니 배 부분이 생각보다 많이 팽팽해 보였다. 이건 누가 봐도 임신부의 모습이다. 뒷덜미에서 땀이 배어나왔다. 게다가 그 셔츠는 진이도 한 번쯤 봤음직한 것으로 한국에서 입던 거였다. 얼굴을 가린 이모티콘은 안개꽃 같은 꽃송이 그림이라 얼굴의 윤곽이 거의 드러났다. 수아는 서둘러 매니저에게 전화를 걸어 그 사진을 내려달라고 부탁했다.

'인터넷은 참 무섭구나. 필리핀에서 찍힌 사진이 한국까지 가서 소문을 내고 있었다니.'

전화를 끊고 메신저를 다시 열어보았으나 진이의 답문은 더 이상 없었다. 진이가 소문을 잠재워주길 바랐으나 그저 바람일 뿐. 진이에게 뭘 바란다는 건 양심상 못할 노릇이다. 이젠 소문이 나도 어쩔 수 없는 일. 이대로 시간을 흘려보낼 수밖에 없었다. 단지 지금 수아가 바라는 것이 있다면 올해 2학기에 복학이 순조롭기를. 최소한 복학만 할 수 있다면 뭐든 괜찮다고 생각했다. 수아는 새삼 자신이 많이 수용적인 태도로 변했다고 느꼈다.

다시금 이리구 생각이 났다. 성추행이 확실하다니, 도대체 이리구는 왜 그랬을까. 수아로서는 도무지 이해가 되지 않았다. 무슨 오해가 있던 것은 아닐까. 투서도 마음에 걸렸다. 도대체 누굴까. 이리구에게 시기하거나 원한이 있는 사람의 소행일 텐데. 수아는 이리구가 자기에 대한 의심을 풀었는지도 걱정되었다.

바기오의 날씨는 쾌적한 편이었다. 우리나라 가을 날씨처럼 선선한 날이 이어졌다. 낮에도 기온이 높은 편이 아니라 생활하기에 크게 불편하지는 않았다. 하지만 수아는 몸이 몸인지라 때때로 열감을 느꼈다. 노트로 부채질하는 걸 보고 안젤라가 수아 방에 선풍기를 놓아주었다. 출근할 때는 방에 있는 선풍기를 식탁 옆으로 옮겨 주기까지 했다. 냉동고에 얼음을 얼려놓는 일도 잊지 않았다. 허리를 펴야 아기가 편안해 한다며 공부를 좀 쉬엄쉬엄하라는 걱정까지.

수아는 공부를 덜 하라는 말은 귓등으로 흘려들었다. 지금쯤 한국의 친구들은 학교와 학원에서 열심히 공부하고 있을 것이다. 그에 비하면 열악한 조건인 수아는 더 열심히 할 수밖에 없었다.

꼬박 의자에 앉아 있는 생활이 이어졌다. 그 탓인지 출산 예정일이 일주일이나 남았는데 산기가 왔다. 책에서 본 진통 간격하고는 양상이 달랐다. 생각보다 뭔가 빠르게 진행되는 느낌이었다. 더럭 겁이 난 수아는 택시 회사에 전화를 걸었고, 그 모습을 본 제임스는 마트로 달려갔다. 수아는 미리 챙겨두었던 가방을 들고 집 밖으로 나와 서 있었다.

'엄마.'

이지영 생각이 간절했다. 옆에 있으며 많이 의지가 될 텐데. 이리구 생각도 났다. 아기가 세상에 나오는 것도 모르고 있을 이리구. 나중에 알게 되면 어떤 반응을 보일지, 한편으로는 기대도 되고, 한편으로는 걱정도 되었다.

또 한 번의 진통이 와서 주저앉고 싶을 때 안젤라가 헐레벌떡 뛰어왔다.

"SooA, are you OK?"(수아, 괜찮아?)

"Yeah, I think I'm in labor."(네. 진통이 온 것 같아요)

택시가 도착했다. 수아는 택시에 타며 안젤라에게 보호자가 되어 줄 수 있냐고 물었다. 안젤라는 물론이라며 같이 뒷자리에 올라탔다. 제임스의 말을 듣고 마트 사장에게 양해를 구하고 왔다고 했다. 그리고는 바로 자스민에게 전화를 걸어 지금 상황을 알려주었다. 수아는 이지영에게 연락할 여유도 없었는데, 안젤라가 재치있게 해주어서 고마웠다. 안젤라는 잔뜩 겁먹은 수아를 열심히 위로했다. 견딜만한 아픔이다, 곧 예쁜 아기를 만날 거니까 괜찮다, 첫 출산이라 아직은 좀 더 기다려야 할 거다 등등.

수아는 분만 대기실에서 여섯 시간 넘는 진통을 했다. 주기적으로 찾아오는 진통에 자기도 모르게 엄마를 불렀는데 그때마다 안젤라가 다가와 수아의 손을 잡아 주었다. 안젤라는 수아의 진통이 잦아들 때 언뜻언뜻 자기 이야기를 했다. 자기도 혼자 아기를 낳았다고. 그러면서 필리핀은 아빠보다는 엄마들이 자식 양육에 더 열의가 있다고 했다. 안젤라 역시 혼자 제임스를 키우는 거나 마찬가지라나. 수아는 그 말에 안젤라와 동질감 같은 걸 느꼈다.

기절할 듯한 아픔이 지나간 후 드디어 아기가 나왔다. 기진맥진하여 이게 꿈인가 현실인가 싶을 때 아기 울음소리가 들렸다. 까무러지려는 수아를 간호사가 흔들어 깨웠다. 가까스로 눈을 떠보니 면 보자기로 싸맨 아기가 수아 가슴 위에 얹어졌다. 수아는 팔로 아기를 감싸 안았다. 아주 조그만데도 아기의 무게가 느껴졌다. 수아는 그게 마음의 무게일 거로 생각하며 아기를 불러 보았다.

"아가야."

수아는 울컥 비어져 나온 눈물을 훔치며 속으로 덧붙여 말했다. '내가 널 지켜냈어.'

간호사가 아기의 키와 체중을 말해주었다. 2.7㎏ 생각했던 것보다 아기가 작았다. 책에 나온 아기들의 평균 체중에도 못 미쳤다. 수아는 자기가 너무 아기에게 스트레스를 주었나, 하는 생각에 코끝이 찡했다. 안젤라가 가제로 수아의 눈물을 닦아 주었다. 안젤라의 눈에도 눈물이 맺혀 있었다. 안젤라는 산모 도우미를 한 적이 있다면서 아기 목욕시키고 미역국 끓여 주는 것까지 다 해 줄 수 있다고 넌지시 말했다. 아직 출산일이 남았다고 생각해서 정식으로 말하지도 못했는데 안젤라는 자기가 하려니 하고 있었던 것 같았다. 수아는 안젤라가 친절하고 편안해 내심 그 의견을 반겼다. 대신 오전에만 도와달라고 했다. 마트 일을 아예 그만두면 한 달 후에 직장 잡기 어려울지도 모르니까 오후엔 마트에 나가라고 제안했다. 그 말에 안젤라가 더 없이 고마운 표정을 지었다.

다음 날, 이지영이 바기오로 왔다. 이지영은 자못 담담한 모습으로 병실에 들어섰지만, 아기를 안고 있는 수아를 보고는 자기도 모르게 흘러나온 눈물을 훔쳤다.

"아, 왜 눈물이 나는지 모르겠다. 웃으며 축하해주려고 단단히 맘먹고 왔는데."

이지영이 이러면 안 되지, 하며 고개를 젓자 수아가 아기를 이지영 쪽으로 내밀었다.

"엄마, 아기 좀 봐."

이지영이 아, 감탄하면서 아기를 받아 안았다.

"세상에, 예쁘기도 해라."

"아기 이름은 소복이야. 좋은 일이 소복소복 쌓이라는 뜻으로 지었어."

수아가 이름에 너무 욕심을 부렸나, 하고 웃었다.

"소소복? 아니면 소복이?"

"소복이. 복이야, 하고 부르면 돼."

복이야, 하고 부르는 이지영 얼굴에 구름이 얼핏 지나갔다. 이지영이 감정을 추스르려는 듯 복이를 좀 더 가까이 들여다보았다. 제임스도 고개를 빼 복이를 보려고 했다. 안젤라가 말리는데도 제임스는 수줍어하면서도 좀 더 다가왔다. 수아가 맘껏 보라고 허락해주자 이번엔 만져 봐도 되겠냐고 물었다. 그것만은 안 된다며 안젤라가 제임스의 손을 꽉 붙들었다.

안젤라와 제임스가 실랑이하는 모습을 재미있게 바라보던 이지영이 수아에게 말했다.

"내가 곰곰이 생각해 봤는데, 삼칠일 몸조리 하고 바로 귀국하는 거 어때? 여기서 몇 달 더 있을 이유가 없잖아."

"그래도 돼?"

수아는 내심 반가웠다. 막상 아기를 낳고 보니 감당할 자신이 없었다. 갑자기 아기 엄마가 된 것이 겁났다. 이지영 앞에서 당당하게 큰소리쳤던 것도 후회스러웠다. 그땐 멋모르고 그랬다고 고백하고 싶은 심정이었다.

"엄마가 조그만 빌라 한 채 얻었어."

"원룸도 괜찮은데."

"원룸에서 아기를 어떻게 키워. 별로 좋지는 않아. 허름하고 오래된 빌라야."

"그래도. 나중에 은혜 갚을 게, 엄마."

"나는 네가 내 딸이니까 돌봐주는 것일 뿐이야. 넌 네 딸 잘 지키고 보살펴. 그러면 돼."

수아는 언젠가 자기가 이지영에게 했던 말이 떠올라 피식 웃었다.

'엄마는 엄마 딸이 고생할까봐 안타깝고 괴롭지? 나도 그래. 이 아기가 나 때문에 생명을 잃을까봐 걱정돼. 이 아기에겐 내가 엄마잖아.'

이지영도 그 생각이 났는지 빙긋 웃었다.

수아가 아기를 내려다보며 읊조리듯 말했다.

"엄마, 실은 이 아기가 벌인 줄 알았어. 그런데 지금 보니 선물 같아. 너무 예뻐."

2○○2년 2월 10일 목요일 흐리고 비

자스민이 안젤라랑 통화를 했다면서 수아 소식을 전해주었다. 수아가 공부를 매우 열심히 한다는 것이다. 그 말을 들었을 때, 우리 수아는 공부가 취미라고 농담처럼 말했다. 그랬더니 과로가 걱정될 정도라는 것이다. 도대체 얼마나 열심히 하기에. 아기를 낳은 지 얼마나 되었다고 벌써 공부를 시작했단 말인가. 무리하면 안 된다고 그렇게 일렀건만…….

저녁에 수아랑 영상 통화를 했다. 막 잔소리를 늘어놓으려고 했는데 복이 모습이 보였다. 복이가 책상 옆에 누워 자고 있었다. 복이를 보면 예쁘다는 생각이 들다가도 이리구가 생각나 우울해져 버린다. 그럴 때면 깊이 우울해지기 전에 얼른 이리구를 걷어 내 버린다. 오로지 수아와 복이로 생각의 폭을 줄여 버리는 거다. 그게 그렇게 쉽게 되는 건 아니지만.

수아가 복이 얼굴을 보여줬다. 탐스럽게 잘 자라고 있었다. 예쁘긴 참 예뻤다. 예쁘네, 했더니 수아가 까르르 웃었다. 얼마만인지 모르겠다. 수아의 웃음소리. 스마트폰 화면이 복이에게서 수아로 넘어갔다. 그러는 사이에 책상 주변이 보였다. 책상 위에 펼쳐놓은 책과 책상 옆에 쌓인 책들……. 방 안 풍경을 보니 딱 그림이 나왔다. 결국 잔소리 폭탄을 터트리고 말았다.

아기 낳으면 온몸의 관절이 늘어난다, 그거 제자리 잡으려면 적어도 한 달은 조심해야 한다, 좌식책상에서 웅크리고 앉아 공부하지 말라, 무릎에 정말 안 좋다, 눈도 조심해야 한다, 너무 책 보면 시력이 확 나빠진다 등등.

이렇게 많이 쏟아 붓고 나서도 또 뭐 없나 생각하고 있을 때 수아가 말했다. 복이 낳고 일주일을 꼬박 쉬었다면서 그 시간도 아깝다고 했다. 서양 여자들은 아기 낳고 바로 일상생활을 한다나. 그러면서 왜 한국 여자들만 관절이 늘어나고 뭐 그런 말을 하는 건지 모르겠단다. 혹시 평상시에 너무 일을 하니까 그때만큼이라도 쉬라고 그런 관습을 만든 거 아니냐고 하는데, 듣고 보니 그 말이 어느 정도 맞는 것 같기도 했다.

그래도 여전히 수아 건강이 걱정된 나는 또 이 말 저 말 늘어놓았다. 삼칠 일 동안 몸조리하는 것을 오랜 세월 지켜 오고 있다면 그럴만한 이유가 있다, 서양 여자랑 우리나라 여자는 체격이 다르잖냐, 그 사람들은 얼마나 골격도 크고 튼튼해 보이냐 등등. 가만히 듣고 있던 수아가 하는 말이, 자기 키가 168㎝라며 그 정도면 서양 여자들 못지않은 체격이라나. 에효, 내가 한숨으로 항복을 선언하니까 수아도 조금은 누그러진 목소리로 말했다. 복이 보면서 틈틈이 공부하겠다고. 틈틈이는 무슨. 없는 시간 만들어서라도 하겠지.

수아는 아기도 키우고 공부도 하고, 둘 다 잘 하고 싶은 거다. 아기 핑계로 게을러지고 싶지 않은 거다. 임신했다는 것을 알았을 때 수아가 그랬다. 남들 하는 대로 살아야 하냐고. 조금 늦게 가거나 옆길로 가도 끝내 자기 꿈을 이루면 되지 않겠냐고. 그런데 요즘 수아가 조급해진 것 같다. 저번엔 복학을 하면 바로 월반을 하겠다는 거다. 뒤처지지 않겠다는 의지가 대단했다. 늘 1등으로 앞서갔던 수아인지라 그 마음을 충분히 이해하지만 조급하게 생각하지 말라고 말해 주고 싶다.

수아에게 슬슬 귀국 준비를 하라고 했다. 수아는 벌써 항공권 날짜를 2월 20일로 바꿔 놓았다고 했다. 열흘만 있으면 수아와 복이가 돌아온다. 하루가 다르게 크는 복이가 그때쯤 또 얼마나 예쁘게 커 있을까. 기대가 된다.

2002년 2월 20일 일요일 맑음

수아가 귀국하는 날이다.

공항으로 가서 수아와 복이를 맞이했다. 복이를 안은 수아를 보니 영락없이 아이가 아기를 안은 모습이다. 복이는 통통하게 살이 올라 있었지만 수아는 비쩍 말라 있었다. 그래도 생각보다 의연한 수아. 트럭에 수아와 복이를 태우는 것이 미안했다. 좀 더 편안하게 데리고 가야 하는 건데……

빌라에 들어오자 수아 얼굴이 활짝 피었다. 방이 두 개나 된다며 좋아했다. 내가 미리 마련해 준 복이 침대와 장난감 몇 가지를 보고도 감격해 했다. 자기가 이런 대우를 받아도 되는지 모르겠다는 말을 하기에 복이는 우리에게 온 선물이라고 일깨워줬다. 내가 선물이라고 해주니 또 고마운지 울컥하는 눈치였다. 복이를 아기 침대에 눕히고 한숨 자라고 했더니, 소파에 누워 달게 잤다. 그 사이 나는 밥상을 차렸다.

전기밥솥에서 김빠지는 소리에 복이가 먼저 깨고, 복이 우는 소리에 수아가 깼다. 수아가 일어나자마자 분유를 타더니 복이 입에 물렸다. 그 모습을 보고 있자니 여러 가지 생각이 들었다. 엄마는 엄마네, 하는 생각과 큰일이구나 어떻게 살아야 하나, 하는 생각. 수아는 아기를 키우며 학교를 다니겠다고는 하는데, 내가 생각하기엔 갑갑해보였다.

수아가 불고기를 너무나도 맛있게 먹었다. 엄마가 한 음식을 얼마나 먹고 싶었는지 모른다며. 게 눈 감추듯 밥 한 그릇을 뚝딱 해치웠다. 그 모습이 안쓰러웠다. 잘 거둬 먹여서 예전의 체중으로 돌려 놓아야 할 텐데. 불고기를 한 접시 더 퍼다 놓으며 넌지시 말을 꺼냈다.

앞으로 어떻게 살아갈 거니, 하고. 복이를 돌보다 2학기에는 복학을 할 거란다. 복이를 어린이집에 맡기고 학교에 다니겠단다. 얼마든지 할 수 있다며 대수롭지 않게 말했다. 아르바이트를 해서 생활비를 벌고 싶다고도 했다. 수아가 무슨 말을 하면 겁부터 난다. 생각만 해도 숨이 막히는 일정인데 정말 그럴 생각인지. 내가 일주일에 사나흘이라도 빌라에 눌러 앉아 도와주면 좋겠지만 농장 일 때문에 오래 머물 수가 없다. 자스민을 베이비시터로 채용하면 어떻겠냐고 했더니 수아가 펄쩍 뛰었다. 자기는 그 비용을 댈 수 없단다. 돈은 내가 댈 테니 나중에 돈 많이 벌면 갚으라고 했더니 그래도 고개를 절레절레 흔들었다. 어린이집 비용에 대해서는 말문이 막힌 듯 머뭇거리더니 차라리 복이를 자기 호적에 올리면 지원을 받을 수 있는데, 하고 아쉬워했다. 그건 내가 양보하고 싶지 않다. 열여덟 살 수아를 아기 엄마로 만들고 싶지는 않다. 학교 다니는 동안 계속 따라다닐 가족관계증명서를 생각했는지 수아도 강하게 주장하지는 않았다. 대신 대학에 들어가면 그땐 자기 호적에 올릴 거라고 했다. 제법 단호하게. 그건 그때 가서 이야기해도 늦지 않으니까 알았다고 해버렸다.

한동안 복이 돌보는 문제로 이러쿵저러쿵 의견을 주고받았다. 내 제안은 8월까지는 수아가 전적으로 복이를 돌보고, 복학을 하면 그때부터 자스민의 도움을 받자는 거다. 자스민이 수락할지는 모르겠지만. 요즘 자스민은 미용사 자격증을 땄다. 필리핀으로 돌아가 미용실 차릴 꿈으로 벅차 있는 눈치다. 이제부턴 미용실에서 아르바이트를 할 거라고 했는데, 그러면서도 농장에 나와 일했다. 아마도 급료가 생각보다 적었던 모양이다. 자스민의 꿈도 지켜줘야 하니까 너무 밀어붙이지는 말고 농장에서만큼 급료를 챙겨주면 되지 않을까, 생각하고 있는데, 수아가 딱 잘라 말했다. 그렇게 호사스럽게 살 생각은 없단다. 자기가 편하면 엄마가 그만큼 힘든 것 아니냐고.

이 문제도 몇 달 여유가 있으니 차차 생각하기로.

09
변수

    어느 덧 A고등학교 2학기 첫 등굣날이 되었다. 수아는 새벽부터 일어나 복이가 자는 동안 얼른 학교 갈 준비를 하였다. 샤워를 하고 어젯밤에 다려놓은 교복을 입었다. 작년에 입었던 교복이 생각보다 많이 헐렁했다. 치마허리가 2인치쯤 남았다. 수아는 남는 부분을 한 손으로 당겨 잡고 거울을 보았다. 뜻밖에도 교복 맵시가 전보다 훨씬 나아 보였다. 이 정도면 아기 낳은 티는 나지 않을 것이다. 머리를 하나로 올려 묶었다. 길게 늘어뜨리고 다니던 예전보다 발랄해 보였다. 어제 저녁에 미리 삶아 놓은 계란한 알과 사과 한 조각을 먹었다. 복이는 아직 자고 있었다. 양치질을 하고 젖병에 분유를 탔다.

    "복이야, 복이야, 이제 일어나야지."

    수아는 자는 복이를 조심스럽게 안고 소파로 와 앉았다. 복이가 용틀임을 하더니 울려고 입을 삐죽거렸다. 수아는 얼른 젖병을 복이 입에 물려주었다.

"이거 먹고 나가야 해. 너무 일찍 깨워서 미안."

열심히 젖병을 빠는 복이를 보면서 수아는 다행이다 싶으면서도 조급한 마음이 일었다. 늘 일어나는 시간보다 빨리 깨웠는데도 잘 먹어주는 것이 다행이고, 혹시 지각할까봐 조급해지기도 했다. 새삼 자기 혼자 등교할 때랑 달라졌다는 걸 느꼈다. 시간도 두 배, 준비하는 노동력도 두 배다. 분유를 먹이는 시간이 지루하게 느껴졌다. 여기서 배변이라도 하면. 어젯밤에 미리 목욕을 시켜서 재운 건 별 효과를 못 보게 되는 거다.

분유를 다 먹은 복이를 곧추 안고 트림을 시켰다. 그윽 소리와 함께 어깨가 젖는 느낌이 들었다. 복이 입에서 분유가 흘러나온 모양이다. 미리 대비를 했어야 하는데 깜박했다. 복이를 보행기에 앉히고 욕실로 뛰어 들어가 교복 블라우스를 벗었다. 젖은 부분만 물로 빤 다음, 드라이어로 대충 말리고 다시 입었다.

"첫날부터 늦겠어."

수아는 서둘러 책가방을 메고, 아기 띠를 두른 다음 복이를 앉혔다. 손에는 복이의 기저귀 가방을 들었다. 어린이집은 옆 동 1층이다. 수아는 잰걸음으로 빌라 단지 내 길을 걸었다. 어떤 아주머니가 수아를 한참 동안 보고 서 있는 것을 느꼈지만, 교복 입은 학생들과도 마주쳤지만 낯가림할 여유도 없었다. 어린이집 선생님이 교복 입은 수아 모습에 놀란 눈을 했다. 지난주에 연습 삼아 복이를 맡겼을 때는 바쁜 부모 대신 언니가 늦둥이 동생을 돌본다고 생각하는 눈치였는데, 등교하면서까지 복이를 데리고 나타나니까 의외다 싶은지. 복이는 그동안 원장님과 낯을 익혔는데도 수아랑 떨어진다는 낌새를 차리고 울어대기 시작했다. 며칠 연습을 했는데도 떨어지는 건 별로 나아지지 않았다.

"방금 분유 먹었으니까 4시간 후에 먹이면 돼요. 오늘은 4시에 데리러 올게요. 복이 잘 부탁드려요."

"그래요. 걱정 말고 학교 다녀오세요. 이따가는 엄마가 데리러 올 건가요?"

"네. 제가 데리러 올 거예요."

원장이 고개를 갸웃 기울이는가 싶었는데 복이가 거세게 우는 바람에 어색해할 틈도 없었다. 원장이 수아에게 눈짓을 하고 문을 닫았다. 수아는 복이의 울음소리에 마음이 무거워졌다. 곧 그치겠지, 하면서도 4시까지는 너무 길다는 생각이 들었다.

수아는 떨어지지 않는 발을 무겁게 떼며 책가방을 고쳐맸다. 걷다 보니 어깨에서 시큼한 냄새가 나는 것 같았다. 마르면서 냄새도 증발하겠지, 하며 마을버스 정류장으로 뛰어갔다. 정류장엔 A고등학교 학생들도 한두 명 있었다. 혹시 아는 아이가 있을지 궁금했지만, 굳이 두리번거리며 찾지는 않았다. 오래지 않아 전에 다니던 등굣길이 나왔다. A고등학교 앞 정류장에서 학생들에 섞여 내렸다. 11개월 만에 다시 밟아 보는 길이다.

'결국 돌아왔어. 나는 할 수 있다니까.'

수아는 새삼 감개무량했다.

"소수아, 수아야."

진이가 긴 머리를 출렁이며 뛰어오고 있었다. 여전히 예쁘고 밝아보였다. 진이의 가늘고 긴 다리가 사뿐사뿐 움직였다. 교복 치마가 작년보다 짧아진 것을 보고 수아는 피식 웃음이 났다. 역시 진이답다고 생각했다. 한편으로는 학생으로 돌아온 것을 실감했다. 교복을 입고 진이랑 등굣길을 걷는 자기 모습이 다행스러웠다.

진이가 수아의 팔에 자기 팔을 걸며 마치 책망하듯 말했다.

"야, 너 왔으면 왔다고 이 언니에게 신고를 해야지."

"미안. 정신없었어. 김진이, 오랜만에 보니 너무 반갑다."

"아우! 나는 널 친구라고 생각했는데 넌 아닌 거 같다? 나 좀 서운한 거 많아."

진이가 농담 반 진담 반이라는 느낌으로 말했다.

"나 이제 어디 멀리 안 가. 너랑 같이 이 학교 졸업할 거야."

"같이? 학교를 그렇게 빠지고도 2학년으로 복학하는 거야? 공부 잘하는 애는 다르구나."

"아, 아냐. 일단 1학년 교실로 가야 해. 하지만 월반해야지. 좀만 기다려. 곧 2학년 교실에서 보게 될 테니."

"정말?"

진이가 짐짓 인상을 구기더니 말했다.

"그런데 무슨 냄새야? 쉰내 같기도 하고……"

아직도 냄새가 나나, 수아는 뒷덜미가 뜨거워지는 와중에 대충 둘러댔다.

"주스 마시다 흘렸더니, 냄새가 뱄나봐."

"너 많이 말랐다. 필리핀 음식이 맛있다면서 왜 이렇게 말랐어? 거기서 무슨 일 있었니?"

"그러는 넌 치마에서 한 뼘은 어디다 떼어 놨어?"

"너도 잘라. 둘러봐라. 너처럼 길게 입는 애 있나."

"그럴까?"

화제를 돌리려 꺼낸 말인데 진이는 언뜻언뜻 야릇한 표정을 지었다. 수아는 생각이 많아졌다. 필리핀에서 무슨 일 있었냐고 물어본 건 하고 싶은 말 있으면 하라는 뜻일까, 저 야릇한 표정은 차마 자기 입으로는 못 묻겠다는 뜻일까.

새로운 교실에 들어와서도 비슷한 느낌을 받았다. 작년에 같은 반이었던 아이들이 수아를 보러 왔는데 뭔가 확인하러 온 것 같은 분위기였다. 수아는 태연하게 상대하려고 노력했다. 2학년들과 친구인 수아를 1학년 아이들은 어정쩡하게 대했다. 간혹 수아야, 하고 부르는 아이도 있었는데 수아는 오래지 않아 이 아이들이 달라질 거라고 확신했다.

'9월 모의평가만 치르면 깍듯하게 선배 대접을 하겠지.'

수아의 예상과는 달리 9월 모의 평가를 치르기도 전에 교실

안에 이상한 기류가 흐르기 시작했다. 아이들이 수아를 흘끔거리며 수군댔다. 재미난 이야깃거리를 찾은 것처럼 자기들끼리 키득거리기도 했다. 와서 무슨 말이라도 해달라는 듯. 모른 척 하려고 해도 할 수 없게끔 눈에 띄게 눈치를 주었다.

수아는 못 참고 아이들이 모인 곳으로 갔다.

"뭐야?"

한 아이가 머뭇거리는 척 우물우물하다가 자기 스마트폰을 내밀었다. 화면에 수아 사진이 열려 있었다. 걷는 뒷모습인데 등에 아기 띠가 걸쳐 있고, 어깨 너머로 복이 머리가 보였다. 어린이집에서 복이를 찾아 집으로 돌아가는 걸 누가 찍은 거다.

"그래서 니들이 하고 싶은 말이 뭐야?"

한 아이가 말했다.

"아니라고 하지 않네요."

또 한 아이가 말했다.

"그 소문이 맞아요? 작년에 졸업한 선배랑 그랬다고 하던데요."

수아가 말했다.

"그 선배가 누군지 모르겠는데, 넌 그 선배 알아? 본 적 있어?"

"모르죠. 본 적도 없고."

"본 적도 없는 선배를 왜 그런 소문으로 엮어?"

수아는 바로 이어서 말했다.

"나 학교 오는 것 단 하나 목표밖에 없어. 공부해서 대학 가는 것. 니들도 공부해서 대학 가고 싶지? 그러면 남의 일에 신경 쓰지 말고 공부나 해. 니들이 나한테 신경 쓰면 내가 학교에 다닐 수가 없잖아. 무슨 권리로 남의 학습권을 침해해?"

아이들이 스마트폰을 거두는 것을 보고 수아는 자기 자리로 와 앉았다. 저 사진이 어디까지 퍼졌을까, 진이도 알고 있을 텐데 아무 말이 없구나, 이런 저런 생각을 하고 있자니 가슴이 답답했다. 진이는 등교 첫날 한번 마주친 이후 소식이 없다. 교실로 찾아오지도 않고 문자 한번 보내지 않았다. 이 소문을 믿고 있는 게 틀림없었다. 진이에게 연락을 해볼까, 하다가 그만두었다. 안 그래도 친구가 맞나는 핀잔을 하던 진이였는데, 기껏 연락해서는 떠도는 소문에 대한 이야기를 회피한다면 긁어 부스럼밖에는 되지 않을 것 같았다. 이런 분위기에서 학교를 꼭 다녀야 하나, 하는 생각이 스멀스멀 올라오기 시작했다.

9월 모의평가를 치르고 성적이 발표되자 수아는 또 한 번 아이들의 주목을 받았다. A고등학교 1학년 전교 2등과는 점수가 무려 15점이나 차이나는 1등이고, 전국 등수가 5등이다. 성적이 발표되자 교감이 메시지로 수아를 불렀다.

"소수아, 다시 학교로 돌아왔구나. 반갑다."

교감의 목소리에 미소가 묻어 있었다.

"네. 선생님 덕분에 다시 복학했어요."

"공부를 놓지 않은 건 참 잘했다. 학교생활 하다가 힘들면 언제든지 찾아와."

교감의 손이 수아의 어깨를 잡았다. 수아가 네, 하고 고개를 숙이자 격려하듯 톡톡 두드렸다. 휴학계를 가지고 왔을 때 얼음장 같았던 모습과는 달라보였다. 학교에 문제를 일으키지 않고 무사히 귀환한 것에 대한 고마움 같은 것도 느껴졌다. 수아 역시 교감이 비밀을 지켜준 것에 대해 고맙게 생각했다.

뜻밖에도 응원의 메시지를 주는 아이들이 생겨났다. 언니를 응원해요, 대단해요, 언니를 돕고 싶어요 등등. 반면, 나쁜 소문은 더 크게 자랐다. 이젠 꽤 구체적인 말들이 돌아다녔다. A고 전설의 남신 이리구하고 소수아하고 그렇고 그런 사이였다, 이리구가 대학에 떨어진 것은 소수아 때문이다. 소수아가 이리구의 발목을 잡고 늘어지려고 아기를 낳았다, 등등. 물론 선생님들에게까지 소문이 퍼졌다. 내색은 안 했지만 수아를 보는 눈빛이 심상치 않았다. 근거 없이 떠도는 소문일지도 모른다는 추측도 완전히 배제할 수 없기에 애써 내색하지 않는 것일 수도 있다. 어쩌면 서울대 입학의 신화를 만들어보려고 봐주는 건지도 모르고.

시간이 갈수록 수아는 이런 소모전이 싫어졌다. 수업도 마음에 들지 않았다. 수아에게는 과정상 어쩔 수 없이 듣는 거나 다름없었다. 이를테면 시간 때우는 식인데, 이러느니 차라리 고졸 검정고시를 준비할까, 하는 생각이 들었다. 어쩌면 그편이 빨리 대학에 들어가는 방법이 될 수 있을 것도 같았다. 올해 검정고시 합격하고 내년에 수능고사를 보면 복이 낳느냐고 까먹은 일 년을 가뿐하게 만회할 수 있다.

'중간고사 성적으로 월반하려고 했는데, 오히려 교복을 벗게 되는구나. 이렇게 또 변수가 생겼어'

이지영은 수아가 학교를 그만두는 것에 대해서는 별말이 없었다. 어느 정도 예상하고 있었던 듯하였다. 그 부분에 대해서는 크게 신경 쓰지도 않았다. 어차피 어디서 어떻게 공부하든 야무지게 해 낼 거라 믿으니까. 단지 지금 수아의 힘든 생활이 걱정되었다. 복이를 안고 집에 돌아온 수아의 모습을 본 후엔 더욱 걱정이 많아졌다.

"복이 기저귀부터 갈아야겠다."

수아로부터 복이를 받아 안는 순간 냄새가 훅 끼쳤던 거다.

"아이쿠, 가엾어라. 싼 지 오래 된 것 같네. 빨리 씻겨야겠다."

이지영이 기저귀를 빼내자 복이는 그나마도 시원한지 발장구를 쳐댔다.

"내가 씻길게."

수아가 복이를 안으려고 하자 이지영이 수아 손을 물리치며 말했다.

"넌 좀 쉬고 있어. 얼마나 정신없으면 복이 똥냄새도 못 맡아? 정말 이대로 살아도 되는지 모르겠다."

"알고 있었어. 와서 바로 씻기려고 했어."

이지영은 수아의 말은 듣는 둥 마는 둥 복이를 안고 욕실로 뛰어갔다. 그 사이 수아는 소파에 앉은 채 잠이 들었다. 복이를 말끔히 씻긴 이지영은 자기가 더 개운한 듯 웃으며 거실로 나왔다. 그 소리에 수아가 잠에서 깨어 눈을 번쩍 떴다.

"자. 엄마가 저녁밥 할게. 그때까지 좀 자."

"내가 해야 하는데……."

"복이 씻겨주었더니 기분 좋은가보다. 이럴 때 너도 쉬는 거야."

복이는 보행기를 밀며 좁은 거실을 왔다 갔다 했다. 장애물이 많았지만, 그런대로 잘 놀았다. 수아는 벌떡 일어나 얼른 씻고 나왔다. 씻으니 반짝 정신이 들어 상쾌했다.

"우리 복이도 이유식 먹어야지."

수아가 복이를 안고 식탁으로 가 앉자 이지영이 말했다.

"네모난 통에 있는 게 복이 이유식이니?"

"응 내가 인터넷 보고 만든 거야."

"그거 데워주면 되겠네."

이지영이 수아로부터 복이를 빼앗듯 안아 다시 보행기에 앉히고, 냉장고에서 이유식 통을 꺼냈다. 뚜껑을 연 이지영이 참을 수 없다는 듯 웃었다.

"채소랑 쌀을 갈아서 부드럽게 해 줘야지."

이지영이 보란 듯이 숟가락으로 이유식을 열심히 으깼다. 그런 다음 냄비에 붓고 끓였다. 주걱으로 저으며 이지영이 말했다.

"너 너무 힘들지?"

수아는 할 말을 잃은 듯 대답을 못했다.

"힘들면 힘들다고 말해."

"힘들다고 하면, 그럴 줄 알았다고 말할 거잖아."

"으이구! 그래 뭐가 제일 힘드니?"

"복이 잘 때 공부하려고 했는데, 너무 피곤하고 졸려."

"그래도 넌 졸음을 쫓아가며 하잖아."

"그렇긴 해."

이지영이 가스렌지의 불을 끄고 돌아섰다.

"내가 곰곰이 생각해 봤는데, 아무래도 복이를 어린이집에 맡기기엔 너무 어린 것 같아. 돌이라도 지나면 맡기자. 그리고 자스민 올려 보낼게. 내가 한번 말해 봤거든. 앞으로 복이 돌 때까지 5개월 정도만 봐줄 수 있냐고 했더니 좋아하는 것 같았어. 내가 주말에 올라오면 휴가도 줄 수 있다고 했지. 자스민이 복이 봐줄 동안 넌 공부에 집중해. 우선 검정고시 합격하고 수능 준비해."

"그러면 나는 너무 좋은데, 미안해서 그렇지."

수아는 이지영의 제안을 받아들일 수밖에 없었다. 될 수 있는 한 혼자 힘으로 복이를 키우고 싶었는데, 이대로 살다가는 쓰러질 것만 같았다.

며칠 후, 자스민이 빌라로 들어왔고, 수아는 검정고시 학원을 다니기 시작했다. 검정고시 학원은 학교보다 마음이 편했다. 마닐라 공항에 도착했을 때와 느낌이 비슷했다. 모르는 사람들 속에 섞인다는 것이 낯설고 두려울 줄만 알았는데 좋은 점도 있었다. 불편한 시선으로부터 해방한 된 기분이랄까.

'또 말없이 떠났다고 투덜대려나?'

수아는 학교를 자퇴하면서도 진이에게는 아무 말도 하지 않았다. 곧 말한다는 것이 바쁘게 돌아가는 일상 때문에 이래저래 놓치고 말았다. 진이 역시 알고 있을 텐데도 연락 한번 하지 않았다. 수아에 대한 무성한 소문에 기가 질려서 말도 못 꺼내고 단단히 삐친 것 같았다.

자퇴한 지 일주일을 꽉 채운 토요일, 수아는 복이를 재우고 스마트폰을 열었다. 어떤 지청구가 떨어질지 긴장하며 진이와의 문자 대화방으로 들어갔다.

소수아

> 나 학교 자퇴했어. 이미 알고 있겠지만. ^^

김진이

> 여튼 과감해. 월반한다더니?

소수아

> 월반이 의미가 없어서.

김진이

> 그래?
> 사진 봤다. ㅠㅠㅠ 처음엔 합성인줄 알았어.
> 갑자기 어학연수 간 것도 다 그래서냐?

소수아

> 지금은 아무 말도 할 수 없어. 미안.

김진이

> 여전하구나. 그럼 그 무성한 소문은 어쩌고?

소수아

> 소문은 소문으로 남겠지.

김진이

> 또, 그런 식으로 말하네? 그럼 이리구와는?

수아와 이리구를 엮을만한 증거는 없었다. 그거야말로 억측으로 몰아붙여도 될 만한데, 차마 거짓말을 하는 것이 께름칙해서 잠자코 있었다.

김진이

> 어떻게 이리구랑 그러면서 나한테 한 마디 말도 없었니?
> 정말 혼란스럽다. 너란 아이.

소수아

안정되면 이야기하려고 했어.
너도 알다시피 내가 마치 풍랑을 만난 것처럼
정신없이 살았잖아.

김진이

이리구, 그 성추행범에게 너도 당한 것일 수도 있는데,
그렇다 해도 네가 나에게 한 행동은 이해 못해.

김진이

솔직히 너 재수 없어. 널 보고 싶지 않아.

수아는 머릿속이 아득해졌다. 진이가 화내리라는 건 예상하고 있었지만 이렇게까지 험한 말을 할 줄은 몰랐다. 수아는 뭐라 답문을 써야할지 몰라 이 말 저 말 썼다 지우길 반복했다. 미안하다고 해야 할까, 지금은 서로 힘드니 나중에 보자고 해야 할까……. 무슨 말이라도 보내서 마음을 풀어줘야 한다고 생각은 하면서도 정작 손가락은 움직이지 않았다. 성추행범이라는 말 때문인 것 같았다. 그 말이 아까부터 계속 신경 쓰였다. 진이가 화내는 건은 달게 받을 수 있지만 이리구에 대한 욕은 듣기 거북했다. 당했다는 표현도 별로였다. 적어도 이리구로부터 성추행이나 성폭행을 당했다고 생각하지 않기 때문이다. 보는 눈에 따라 달

리 볼 수도 있겠지만. 어쨌거나 이리구는 복이 아빠이지 않은가.

'언젠가 한번은 만나야 할 사람이야.'

수아는 가끔 이리구와의 대화창을 열어보았다. 작년에 필리핀에서 주고받았던 문자가 고스란히 남아 있었다. 프로필이 기본 이미지로 표시 된 걸 보면 수아를 차단한 것 같기도 하고, 어쩌면 탈퇴한 것 같기도 했다. 이리구의 SNS에도 접속해보았다. 가장 최근 글이 작년 12월에 올린 거다. 대학에 합격했다는 글인데 '좋아요'가 200개가 넘었고, 댓글도 포도송이처럼 주렁주렁했다. 그때만 해도 신났을 텐데, 지금은 아무도 방문하지 않는 눈치다. 버려진 땅처럼 황량했다.

⑩
심부름

새벽 6시, 수아는 트레이닝복 차림으로 집에서 나왔다. 밖은 아직 어두웠다. 바람이 바닥을 훑듯 낙엽을 이리저리 몰고 다녔다. 수아는 지퍼를 턱 밑까지 바짝 올리고 뛰기 시작했다. 공원이 가까워질수록 점점 더 속력을 냈다. 어둠의 농도는 시간이 감에 따라 조금씩 옅어졌다. 호수를 한 바퀴쯤 돌았을 때 동쪽 하늘 아래가 발그스름했다. 첫 번째 바퀴는 조깅하듯이 천천히 뛰고, 두 번째 바퀴는 숨찰 정도로 빨리 뛰었다. 마지막 바퀴는 다시 조깅하듯이 천천히.

땀이 흥건해진 채 집으로 돌아왔을 때 자스민이 주방에서 달그락거리고 있었다. 복이 잘 때 같이 푹 자라고 해도 소용없다. 기어이 수아의 아침 식사까지 챙겨주려는 거다.

"수아, 굿모닝?"

"언니, 잘 잤어?"

"응. 수아, 얼른 씻고 와."

수아는 버릇처럼 안방을 보았다. 방문은 닫혀 있고 잠잠했다. 복이는 자고 있다. 자스민이 오기 전이라면 지금쯤 복이를 깨워야 했다. 자는 아기를 깨워야 하는 게 여간 곤혹스런 일이 아니었다. 수아는 한결 편안해진 마음으로 욕실로 들어갔다. 샤워를 마치고 학원 갈 차림으로 청바지와 후드집업을 입었다. 며칠째 옷을 입을 때마다 교복과는 이제 인연이 끊겼음을 실감했다.

'학생이라면 다 입는 교복이지만 아무나 입는 옷은 아니었어.'

책가방을 집어 들고 식탁으로 오니 자스민이 맑은 얼굴로 웃었다.

"수아, 아침 식사해."

식탁엔 닭가슴살 샐러드, 삶은 계란, 사과가 8등분 되어 있었다.

"언니도 참. 언니까지 부지런 떨 거 없다니까. 나는 내가 알아서 먹어."

"계란 하나랑 사과 한 조각, 그거 먹고 돼? 샐러드도 좀 먹어."

"버릇이 되어서 괜찮아. 많이 먹으면 속이 부대껴서 공부에 집중 안 돼."

"어쨌든 내가 해줄 테니까 시간 아껴서 공부해. 사장님이 수아 공부에 도움이 되라고 나 여기로 보낸 거잖아."

이지영은 은근히 공부를 강조했다. 아직 아기를 키울 준비가 안 된 10대 미혼모에게 더 큰 문제는 열악한 상황의 악순환이라는 거다. 어쩔 수 없이 학업을 중단하게 되어 고등학교 중퇴 학력으로 살게 되면 앞으로 계속 좋은 직장을 구할 수 없다면서.

수아 역시 그 점이 공포스러웠다. 그래서 그렇게 공부에 매달린 거다. 그러나 아무리 매달린다 해도 육아와 학업을 병행한다는 것은 여간 힘든 일이 아니었다. 수아는 마치 물꼬를 터주듯 적절하게 지원해준 이지영에게 깊이 고마워하고 있었다.

"언니가 온 후 내가 너무 편해. 이런 호사를 누려도 되는지 싶어."

"좋은 엄마 뒤서 그래."

자스민이 부러운 듯 미소를 지으며 이어서 말했다.

"수아, 늦겠어. 빨리 먹어."

수아는 자스민이 차려놓은 걸 골고루 하나씩 집어 먹었다. 자스민은 만족한 듯 방긋 웃으며 소파로 가 앉았다. 잡지를 뒤적이는 소리가 났다. 이지영이 사준 미용잡지다. 자스민은 그 잡지를 마르고 닳도록 봤다. 수아가 책가방을 어깨에 메고 나오자 자스민이 잡지를 덮고 일어났다.

"복이 보고 가야지?"

"응. 자는 얼굴 잠깐만 보고 갈게."

복이는 정말 수아가 학원 가는 걸 방해하지 않겠다는 듯 깊은 잠에 빠져 있었다. 수아는 복이를 볼 때마다 언뜻언뜻 이리구의 얼굴을 떠올렸다. 복이의 선명한 인중과 도톰한 아랫입술이 이리구와 닮았다. 이리구가 복이를 보면 어떤 기분일까, 수아는 혼잣말로 흘리며 집을 나섰다.

어느덧 다음 달이면 수능이다. 이리구가 서울에 나타날 날도
얼마 안 남았다. 이번엔 아무 일 없이 대학 입시를 치르겠지, 재
수까지 했으니 서울대 합격도 당연할 거다. 그런 생각을 하며 하
루하루를 보내던 어느 날 낯선 번호로부터 문자가 왔다. 자기는
A고교 12회 졸업생인데, A고교 소수아가 맞냐는 내용이다. 12
회 졸업생이면 이리구와 동창이다. 그는 이름도 밝히지 않은 채
수아의 답을 기다리고 있었다.
'혹시 리구 오빠 일로 연락했나?'
수아는 이리구 생각에 살짝 긴장되었다.

소수아

> 누구세요?

기다렸다는 듯이 그쪽에서 바로 문자를 써 올렸다. 맞구나, 하
고 먼저 보내고 이어서 할 말이 있다고 했다. 역시 이리구가 연
락을 ……, 수아는 머릿속이 복잡해졌다. 언젠가는 한번쯤 만나
야 한다는 생각을 했지만 이렇게 빨리 연락이 올 줄은 몰랐다.
마치 거머리 떼어버리듯 진저리를 치며 떠났으면서, 왜.

소수아

> 무슨…….

수아는 조심스럽게 대화를 이어나갔다. 그가 지금 있는 곳이 어디냐고 물었다. 설마 이 사람도 수아가 필리핀에 간 걸 알고 있을까 싶어 잠시 뜸들이다 담담하게 서울이라고 써 보냈다. 곧 이어 그가 만나서 이야기하자는 답문을 보냈고. 수아는 대답하기에 앞서 이름이라도 알아야겠기에 이름을 알려달라고 부탁했다. 그러자 강민재라고 써 올렸다. 처음 듣는 이름이었다. 예전에도 이리구의 친구 이름까지는 몰랐으므로 낯선 것은 당연했다. 수아는 카스테라를 들고 이리구 옆에서 걷던 친구를 떠올렸다. 진이 말로는 말이 친구지 이리구의 빵셔틀이나 다름없다고 했다. 이리구가 친구를 빵셔틀로 부려먹다니. 이리구를 만날 때만 해도 멋진 이리구와 그런 나쁜 이미지는 도무지 연결이 되지 않아, 그 말을 믿지 않았다.

강민재는 해줄 말이 있다고 하더니 동네에서 보기는 좀 그렇지, 하고 물었다. 다짜고짜 약속부터 정하자고? 상대가 당연히 만나러 나올 거라 예상하고 있는 것처럼 느껴졌다. 수아는 분명 뒤에 이리구가 있을 거라고 생각했다.

소수아

혹시 이리구 선배님 일인가요?

강민재가 그렇다는 듯 미소 이모티콘(^^)을 찍어 올렸다. 미소 이모티콘 때문인지 긴장이 조금 풀렸다. 이리구의 옆에서 카스테라를 들고 있던 그 통통한 선배를 떠올리고 있자니 이젠 피식 웃음까지 나왔다. 강민재가 시간 되면 L대학 앞으로 오라는 문자를 찍어 올렸다. 수아는 강민재의 제안을 수락하기에 앞서 얼른 학교 홈페이지에 들어갔다. 지금 문자한 강민재가 정말 이리구의 친구가 맞는지 정도는 알아야 할 것 같았다. 작년 대학 합격자 명단부터 찾아보았다. 다행히 거기에 3학년 1반 강민재가 있었다. 강민재는 L대학교 경영학과에 합격했다.

수아는 강민재에게 토요일 오후 2시에 L대학 앞으로 가겠다는 문자를 보내고, 프로필 편집을 터치했다. 왠지 아직은 잘 모르는 강민재와 소수아라는 이름으로 대화하고 싶지 않았다. 닉네임으로 뭐가 좋을까, 생각하다가 전에 이리구랑 대화 중에 나왔던 채송화가 떠올랐다. 좋아하는 꽃이기도 하고 나름 이리구와 추억도 있는 낱말이라 마음에 들었다.

강민재랑 약속한 날, 수아가 외출 준비를 하자 자스민이 물었다.

"수아, 약속 있어?"

"응. 언니. 오래 걸리지 않을 거야. 갔다 와서 내가 복이 볼게. 토요일인데 미안"

"아니 괜찮아. 그런데 수아 모처럼 친구 만나러 가나본데 옷이 그렇게 없어?"

"뭐 어때."

"그 점퍼 보풀이 다닥다닥 붙었어. 내 거라도 빌려줄까?"

됐다고 해도 자스민이 옷장에서 새로 산 패딩재킷을 꺼내왔다. 자스민이 큰맘 먹고 산 거라 좀 미안했지만, 입고 보니 꽤 그럴듯해 보였다.

"수아는 키가 크고 날씬해서 뭐를 입어도 예뻐."

"고마워, 언니."

자스민은 수아에게 화장까지 해 주려고 했다. 요즘은 고등학생들도 다 화장하는데 수아는 너무 그런 데 관심 없다나. 하긴 진이도 스킨 커버와 아이라인은 기본이고, 때때로 칼라렌즈도 끼고 다닌다. 이리구를 만나고부터는 수아도 화장을 해볼까 했으나 틴트 하나 바르는 것으로 만족했다. 그때나 지금이나 외모에 신경 쓸 여유는 없었다.

"언니, 난 지금 서둘러야 해. 늦겠어."

나중에 외출할 때는 꼭 화장을 해주겠다는 자스민을 뒤로 하고 얼른 집을 나왔다.

L대학교 정문 앞에서 두리번거리고 있을 때 남학생이 다가왔다. 수아는 재빨리 카스텔라를 들고 이리구 옆에서 걷던 그 친구의 모습을 떠올려봤다. 그때의 이미지가 남아 있는 것 같았다. 지금은 살도 안 쪘고, 키도 꽤 커 보였지만. 강민재는 청바지에 검정 라이더 재킷을 입고 한쪽 어깨에 백팩을 메고 있었는데, 수아

눈엔 세련된 남자 대학생으로 보였다.

"내가 문자한 사람이야. 강민재."

강민재가 싱긋 웃으며 수아 앞에 섰다.

"안녕하세요? 선배님. 저 소수아예요."

"그래. 갑자기 연락해서 놀랐지? 어디 들어가서 이야기할까?"

수아는 굳이 그러고 싶지 않았다. 어디 들어가고 뭐 주문해서 먹고 그러려면 왠지 시간이 많이 걸릴 것 같았다. 간단히 대화하고 얼른 집에 가고 싶었다. 토요일은 조금이라도 자스민에게 휴식 시간을 줘야 한다.

"캠퍼스 구경도 할 겸 벤치에 앉아 이야기해요."

"그럼 그럴래?"

강민재는 그것도 괜찮다는 듯 앞으로 성큼 걸어갔다. L대학은 마치 다랑이 논처럼 건물들이 계단식으로 서 있었다. 그렇다 보니 길이 온통 언덕이었다. 길가에는 빨갛게 물든 단풍나무가 즐비했다. 수아는 강민재 옆에서 열심히 걸으며 말 꺼낼 기회를 엿보았다. 강민재는 일단 어딘가에 머물러서 이야기하겠다는 듯 걷기에 집중했다. 단풍나무 길이 끝나고 계단참처럼 평평한 장소가 나왔다. 강민재는 거기에 서서 오른쪽에 있는 건물이 도서관이고, 왼쪽에 있는 건물이 사회과학대학 건물이라고 알려줬다.

"도서관이 우리 학교의 자랑이다. 건물 멋지지?"

"네."

"저기 벤치로 가서 앉을까?"

수아는 조바심이 나려던 차에 잘 됐다 생각했다. 정말 학교 구경시켜준다고 학교 곳곳을 데리고 다니면 어쩌나 걱정했는데, 이쯤에서 끊어줘서 얼마나 다행인지. 미소가 절로 나왔다.

"음료수 빼올게. 뭐 마실래?"

"전 그냥 생수 마실게요."

"그래. 잠깐 있어."

강민재가 백팩을 벤치에 내려놓고는 도서관 건물 쪽으로 뛰어갔다. 수아는 벤치에 앉아 캠퍼스를 둘러보았다. 지방에도 제2캠퍼스가 있는 이 학교는 깊은 역사만큼이나 건물들이 고풍스러워 보였다. 서울에 있고, 2호선 근처에 있는 학교로 최근에 급부상한 학교이기도 하고, 특히 상경대는 내신 2등급 이상은 받아야 원서를 낼 수 있는 학교다. 이리구 심부름꾼 같던 강민재가 이 학교 경영학과에 올 정도면 공부를 꽤 잘 했던 거다.

"많이 기다렸지? 자판기 앞에 줄을 섰더라구."

강민재가 벤치에 앉으며 생수 한 병을 수아에게 건넸다.

"잘 마실게요."

물 한 모금을 마신 수아가 짐짓 무심한 척 툭 말을 꺼냈다.

"저, 선배님, 무슨 일 때문에 저에게 연락한 거예요?"

"아, 그거……. 별일은 아냐."

강민재가 흠, 하고 숨을 내쉬더니 이어서 말했다.

"리구가 부탁을 하더라고."

말투가 시큰둥했다.

"그 선배님이랑 연락을 하세요?"

강민재가 대답은 않고 새삼 뜯어보는 눈길로 수아를 보았다.

"들리는 소문으로는 그 선배님, 경기도에 있는 기숙학원에 들어갔다고 하던데요. 그 학원은 통신 두절이라는 말도 있어서요."

그 정도 정보는 알고 있다는 뜻으로 말했다.

"맞아. 너도 알다시피 리구, 기숙학원에 들어갔어. 이 근처도 아니고 멀어. 고등학교 졸업하고부터는 나도 연락을 안 했지만 리구도 못했지. 그런데 며칠 전에 리구가 서울에 왔어. 수능수험표에 붙일 사진을 찍으러 왔다고 하더라. 핑계 김에 외출한 거겠지."

강민재가 뭔가 마땅치 않은 듯 씁, 하고 숨을 들이마셨다.

"그때 네 이야기를 하더라. 2년 후배 소수아."

"저를요?"

"응. 작년에 입학 최소 되는 일도 있었고 하니까 걱정되는지……."

"작년 그 일, 저랑은 상관없어요. 이리구 선배님이 저에 대하여 뭐라고 말해요?"

"수아가 지금 어떤 상황인지 알아봐 달라고 하더라. 만나서 이야기를 나눠보고 자기에게 말해달래. 그렇게까지만 말했어."

수아는 얼굴에서 핏기가 싹 가시는 느낌이 들었다.

'어찌하여 이리구는 나를 의심하는가. 소리 소문 없이 조용히 떠나주었건만. 분명히 필리핀에 있다고 말했고, 의심을 푼 눈치였는데.'

"사실 리구가 그런 부탁했을 때 모른척하려고 했어. 그런 일에 개입되는 거 싫거든. 그런데 자꾸 신경 쓰이는 거야. 소수아라는 아이가 리구랑 뭔가 깊게 엮인 것 같아서. 리구는 내가 잘 알거든. 리구는 뭐랄까……."

강민재가 씁쓸한 표정을 지으며 말끝을 흘렸다.

"저기 선배님."

수아는 강민재가 하려는 말보다는 자기 문제가 더 급했다.

"이리구 선배님 기숙학원 이름이 뭐예요?"

"왜, 리구 만나러 가게?"

"오해가 있는 것 같은데 풀어야지요."

"거기 못 가. 가봤자 넌 면회 안 될 거야. 나라면 몰라도. 학원에다 걔네 엄마가 특별히 부탁한 것 같아."

수아는 이리구 엄마를 떠올렸다. 다정한 말투 속에 가시 박힌 말들을 해댔던, 그다지 유쾌한 기억은 아니다.

"수능이 한 달도 안 남았는데 그렇게 단속을 할까요? 어차피 그 선배님은 이미 공부도 다 되었을 텐데요."

"공부 때문에 그러는 게 아냐. 쓸 데 없는 일에 휘말릴까 봐 그러는 거지."

"전 그 선배님을 한번은 만나야 할 것 같아요."

"작년 투서 사건이 너랑 관련이 없다면 굳이 만날 것까지는 없지 않니? 내가 너랑 리구랑 사이에 어떤 일이 있었는지 잘 몰라서 더는 뭐라 할 말이 없지만, 리구랑 엮이는 것은 말리고 싶다. 너를 위해서. 사실은 그거 말해주고 싶어서 만나자고 한 거야. 리구의 부탁 때문이 아니라."

수아가 고개를 갸웃거리자 강민재가 보태 말했다.

"정말이야. 솔직히 나도 리구와 만나는 거 별론데, 며칠 전에 만난 건 리구가 우리 학교 앞에서 기다리고 있어서 어쩔 수 없이 만난 거야."

역시 강민재는 이리구와 감정이 좋지는 않구나, 하고 수아는 생각했다.

"그럼 전 이만 가봐야겠어요."

이리구에 대한 정보를 쉽게 알려 줄 것 같지 않아 내린 결론이었다.

"가려고?"

수아는 확인 차원에서 강민재에게 물었다.

"선배님은 앞으로 이리구 선배님에게 연락 안 한다고 했죠?"

"솔직히 내 쪽에서 연락하고 싶은 마음은 없어. 리구가 물어보면 글쎄, 지금 네 반응을 보니 걱정하지 않아도 된다고 말하기는 좀 그렇네."

강민재가 할 말을 다 못한 듯 떨떠름한 표정을 지으며 일어섰다.

2OO2년 10월 7일 금요일 맑음

요즘은 주말이면 복이에게 가려고 노력한다. 복이가 눈앞에 아른거려 못 견디겠는 거다. 처음엔 복이를 보면 문득문득 우울해지곤 했었는데 지금은 언제 그랬냐는 듯 그야말로 복이 앞에서 꼼짝 마라다. 나도 나지만 복이에 대한 수아 마음이 얼마나 애틋한지 모른다. 수아가 복이를 이토록 사랑으로 키우는 것을 보면 기특하기도 하고 신기하기도 하다.

모성은 본능일까, 학습되어진 감성일까.

여자가 아기를 임신하고 낳는 것은 목숨을 건 시도이다. 의술이 없었던 옛날에는 아기를 낳다가 사망하는 경우도 많았으니까. 40주 동안 아기를 배 속에서 품고 있는 것도 보통 일이 아니다. 아기가 배 속에서 커가는 동안 여자들은 활동의 폭이 좁아진다. 따지고 보면 임신과 출산으로 오는 불편함이 참 많은데도 임신과 출산을 의미 있고 보람 있는 일로 생각하는 여자들이 많다. 나나 수아와 같은 경우도 마찬가지다. 책임지지 않고 가버린 남자의 아기를 낳은 수아, 성폭행으로 생긴 아기라고 생각하는 나,

모두 그 아기를 사랑하고 있으니. 이런 감정은 의도된 것이 아닐까. 남자들과 인간 종족의 미래를 걱정하는 사람들에 의한. 물론 아주 오랜 세월 동안, 어쩌면 인류의 시작부터 여자들에게 모성이라는 감성을 교육시켜 임신과 출산의 고통을 달게 받게 한 건 아닌지.

지난주엔 수아랑 말씨름을 좀 했다. 내가 복이에게 '엄마'라고 말해 보라고 하니까 수아가 그러지 말라고 말렸다. 복이가 헷갈린다는 것이다. 그래서 내가 딱 부러지게 말해 주었다. 앞으로 복이는 수아 동생으로 커야 한다고. 그게 수아 인생을 위해서 백번 좋은 거라고.

그러자 수아가 펄쩍 뛰며 부정했다. 나이 스무 살이 되면 자기 힘으로 복이를 키우겠다고 선언했다. 물론 복이를 자기 호적에 올릴 거라고도 했다. 수아는 결심하면 정말 그렇게 할 아이다. 대학만 들어가면 바로 과외 선생 자리 하나 못 얻을까. 그렇지만 수아 장래를 생각하면 복이를 수아 딸로 입적시킬 수가 없다. 내가 결혼 운운하면 수아는 자기 처지를 속이고 결혼하라는 말이냐고 발끈한다.

내가 너무 비양심인가? 수아가 좋은 남자 만나 행복한 가정을 꾸렸으면 좋겠는데. 이 세상 남자들 중에서 아기가 있는 여자를 좋아할 남자가 있을까. 그것도 열여덟 살에 아기를 낳은 여자를. 솔직히 나는 없다고 본다. 내 경험으로 보았을 때, 조금 젊을 때는 지독한 눈총을 받아내느라고 피곤했고, 살 기반을 잡고부터는 남자들의 눈독을 느꼈다. 그 남자들이 왜 내 주위에서 얼쩡거렸을까? 내가 작은 농장이나마 갖고 있으니 돈 좀 있다고 여기거나, 성욕을 풀만한 만만한 상대라고 생각한 것이겠지. 젊은 과부라는 지독한 피해 의식의 발로일지도 모르겠으나, 나는 그들이 진심이라고 하는 말을 믿지 않는다.

그리하여 수아를 누구도 만만히 보지 못할 여자로 살게 하고 싶다. 이게 내 모성이다. 수아가 보기엔 삐뚤어진 모성이겠지만.

⑪
무원기숙학원

수아는 빌라 근처 편의점에서 아르바이트를 하기로 했다. 여태 이지영이 복이에게 들어가는 비용을 비롯해 모든 생활비와 자스민의 월급까지 책임지고 있었다. 절대로 이지영에게 부담 주려고 복이를 낳은 것은 아닌데, 그렇게 되고 말았다. 이지영은 당연하다는 듯이 모든 걸 품어주고 감당해 주었다. 복이도 키우고, 공부도 하고, 두 마리 토끼를 다 잡을 욕심에 못 이기는 척 받아들였지만, 수아는 늘 이지영에게 미안했다.

아르바이트는 조금이라도 보탬이 되고 싶은 마음에 시작한 거다. 덕분에 그야말로 눈코 뜰 새 없이 바빴다. 검정고시 학원도 종합반은 수업 시간이 학교랑 비슷했다. 오전 9시에 1교시가 시작되어 마지막 교시가 오후 4시쯤에 끝난다. 집에 돌아오면 5시. 자스민이 저녁밥을 준비할 동안 복이랑 놀고, 저녁을 먹은 다음엔 편의점으로 달려갔다.

수아가 강민재를 만나고 온 후 사흘쯤 되었을 때였다. 강민재로부터 한번 보자는 문자가 왔다.

'보긴. 리구 오빠에 대한 거라면 문자로 찍어주면 될 것을.'

수아는 강민재를 만나 시간을 소비할 마음이 없었다. 뭐라 답을 보낼까 궁리하고 있는데, 자스민이 옷 필요하면 말하라며 빙긋 웃었다.

"아냐. 그런 거."

"수아, 남자친구 생긴 거 아냐?"

남자친구라니. 그 말이 너무 어이없어서 웃었더니 자스민이 검지를 입술 위에 댔다. 복이가 지금에서야 잠이 들었다는 것이다. 수아가 복이를 봐야겠다고 하자 자스민이 이마를 살짝 구기더니 이내 허락해 주겠다는 듯 앞장섰다. 아주 신중하게 방문을 연 자스민이 먼저 들어가고 그 뒤로 수아가 따라 들어갔다. 어쩜 갈수록 점점 이리구를 닮아갈까. 수아는 들릴 듯 말 듯 혼잣말로 중얼거렸다.

"복이에게 아빠를 보여 줄 수 있을지……."

자스민이 눈을 동그랗게 뜨고 들뜬 표정으로 물었다.

"복이 아빠랑 연락이 되는 거야? 저번에 만난 사람이 복이 아빠야?"

"아니. 그 오빠의 친구를 만났어. 오빠가 나를 만나보라고 했나봐."

"관심이 있는 거네."

"글쎄, 그건 모르겠어. 언니, 언니는 모른 척 해 줘. 아직 엄마에게는 비밀이야."

"그래. 일단 비밀."

벌써 12시가 되었다. 수아는 자기 방으로 건너와 책상에 앉았다. 영어 모의평가 예상 문제 한 회분만 풀기로 하고 책을 폈다. 한 시간 남짓한 시간이 흘렀고, 채점까지 마쳤다. 자기 전에 스마트폰을 한번 열어 보았다. 강민재로부터 온 또 다른 문자는 없었다. 수아는 뭐라고 답문을 보내야 쉽게 이리구에 대한 정보를 얻을 수 있을까, 하고 생각했다. 만나서 차 마시고 이야기하고, 하는 시간을 쓰지 않고 문자로 알려주면 좋을 텐데. 학원 이름만 알려주면 알아서 하겠다고 쓸까, 신경 쓰이는 짓 하지 않겠다고 쓸까, 이런 저런 궁리를 하고 보니 벌써 2시가 되어가고 있었다. 연락은 내일 하는 것으로 하고 침대에 누웠다.

새벽 5시 30분, 알람이 울리자 수아는 지체 없이 벌떡 일어났다. 아르바이트로 활용 시간이 적어진 관계로 30분 일찍 일어나기로 했다. 밖은 깜깜하고 공기는 차디찼다. 수아는 간단히 몸을 풀고 곧바로 뛰기 시작했다. 빌라 앞 큰 길을 건너기도 전에 몸에서 열이 났다. 등에서 땀이 배어나올 때쯤엔 찬 공기가 시원하게 느껴진다. 속도를 줄이지 않고 공원 둘레길 4.5 km를 돌았다.

딱 한 시간이 걸렸다. 수아는 빌라 단지 안 벤치로 가 앉았다. 숨을 고르며 스마트폰을 열었다. 강민재에게 문자를 보내볼까 싶었다. 바쁘게 몰아치는 듯한 일상이라 지금이 아니면 또 언제 시간이 날지 모른다. 새벽이라 이른 감이 있지만.

rose moss

> 선배님, 저 수아예요. 문자 주셨죠?
> 이제야 연락드려요.

수아는 스마트폰을 주머니에 넣고 빌라 1층 공동현관 안으로 들어갔다. 계단을 오르기도 전에 스마트폰에서 진동이 울렸다. 강민재의 문자였다. 만나서 이야기하고 싶다는 내용이었다. 수아는 만나자는 말에 짜증이 일었다. 알려줄 거면 그냥 알려주면 좋으련만.

'기숙학원이란 곳도 사람 사는 곳인데 뭐가 그렇게 걱정되는 거지?'

수아는 한숨부터 쉬고 답문을 썼다.

rose moss

> 선배님 번거롭게 해드리고 싶지 않아요.
> 학원 이름과 제가 조심해야 할 것을 문자로 알려주시면 돼요.

강민재는 조금 뜸을 들이는가 싶더니 자기가 수아 있는 쪽으로 온다고 했다. 늦은 시간도 괜찮다면서. 수아는 자기 일정상 늦어도 보통 늦은 시간이 아닌데, 하고 고개를 절레절레 흔들었다.

rose moss

제가 알바를 해서 많이 늦어요.

강민재

괜찮아.

rose moss

밤 11시 넘어도 괜찮아요?

강민재

시간과 장소를.

강민재가 생각했던 것보다 많이 적극적이었다. 수아를 만나야겠다는 의지에 한 치의 망설임이나 갈등이 없어 보였다. 이번에 만나서 이리구에 대한 정보를 주겠다는 뜻인가. 그거 아니면 수아를 만날 이유가 없다. 그렇다면 한번쯤 만나는 건 일도 아니라고 수아는 생각했다.

rose moss

오늘도 괜찮으면 2l세기 편의점 건물 2층 카페.
밤 11시 10분, 어때요?

강민재

> 그래. 거기 알아. 이따 보자.

강민재는 밤 10시 반쯤에 문자를 한 번 더 보냈다. 문자를 확인하기 전에는 무슨 핑계를 대고 안 오겠다는 내용인가 싶었다. 너무 늦은 시간이라 꾀가 났을지도 모르니까. 그런데 천천히 오라는 말이 씌어 있었다. 그 말에서 수아는 강민재가 벌써 카페에 와 있다는 느낌을 받았다.

수아가 2층 카페로 올라갔을 때 역시 강민재는 노트북을 보고 있었다.

"선배님, 음료는 제가 주문할게요."

말하고 보니 강민재는 벌써 아이스아메리카노를 반쯤 마신 상태였다. 수아가 다시 주문대로 가려니까 강민재가 막아섰다.

강민재는 저번에 자기 학교까지 와 주었는데 아무것도 대접해 주지 못해 미안했다며, 오늘은 자기에게 맡겨달라고 했다. 마치 사정하듯이 부탁조로.

"그럼 따뜻한 아메리카노로 할게요. 밤이니까 엷게요."

강민재가 자리로 올 때까지 수아는 이리구를 생각했다. 이리구는 아직도 수험생이니 원 샷으로 따뜻한 아메리카노를 마실 것이다. 이리구 취향을 따라한 상황이 되어 자기도 모르게 피식 웃음이 났다. 강민재가 왜 웃냐는 듯 고개를 한번 기울이더니 자기도 빙긋 웃었다.

손님도 없고 문 닫을 시간이 얼마 안 남아선지 커피가 바로 나왔다. 강민재는 따뜻한 아메리카노를 받아 올 때 시럽 통도 가져왔다.

"단 거 좋아하면 넣으라고……."

"고마워요."

수아는 가져온 성의를 봐서 시럽 통을 한번 만져보고는 옆으로 밀어놓았다.

"알바 하고 오는 길이니?"

강민재가 노트북을 닫고 의자로 내려 놓으며 물었다.

"네."

"공부하랴 알바하랴 너무 힘들지 않니?"

"별로. 할 만해요."

"대학은? 아니다."

강민재가 무슨 말을 하려다 멈췄다. 아르바이트까지 하며 대학 공부는 어떻게 하는 거냐, 뭐 그런 것을 묻고 싶었을 것이다. 어쩌면 수아에 대하여 알아볼 건 다 알아봐서 대학을 포기한 걸로 알고 있을지도 모른다. 휴학도 했고, 검정고시 학원도 다니고, 아르바이트도 하고. 이런 이력이 평범한 것은 아니니까. 하지만 강민재의 다소 무덤덤한 표정으로 보아 그런 걸 알아보지는 않은 것 같았다. 수아는 그저 한번 씨익 웃고는 컵 홀더를 빼 자기 손목에 넣어보았다.

"그게 들어가냐?"

강민재가 자기도 따라 끼워보다가 피식 웃었다. 강민재 손은 손가락까지만 간신히 들어가고 손바닥이 시작되는 부분에서 걸렸다. 이리구도 그랬던가, 하고 수아는 그 날을 떠올렸다. 생각해 보니 이리구는 컵홀더에 자기 손을 끼워보려는 행동을 하지 않았다.

"뜨거우니까 끼워서 마셔."

강민재가 컵홀더를 수아 쪽으로 밀며 이어서 말했다.

"여자들은 참 손이 작긴 작구나."

여자들은 역시 얇아, 하던 이리구의 말과 비슷하면서도 다르게 들렸다. 강민재의 말은 손이 작다는 의미 그 이상 아무 느낌이 없는데, 이리구의 말은 손이 얇다는 말 이외에 더 많은 느낌을 내포하고 있는 것 같았다. 그 말 할 때 이리구의 눈웃음이 보태져서 그런지 몰라도.

"이런 거 물어봐도 될까 모르겠는데 리구랑 어떤 사인지 말해 줄 수 있어?"

강민재가 이제 본론에 들어간다는 듯 자못 진지한 표정이 되어 물었다.

"그냥 팬이에요. 이리구 선배님 A 고교 남신이었잖아요. 저 말고도 관심 있는 애들 많을 걸요."

강민재가 고개를 한번 젓더니 툭 말했다.

"그 정도로 리구가 네 이름을 들먹이진 않았겠지."

수아는 당황한 티를 내지 않으려고 커피를 한 모금 마셨다.

"수능이 얼마 안 남아서 시험 잘 보라고 선물도 하고 싶고요."

수아는 시계를 보았다. 이제 카페에는 손님이 수아와 강민재 말고는 없었다. 카페 점원이 테이블 사이를 오가며 정리하기 시작했다. 점원이 10분 뒤에 문 닫을 거라고 알려주었다.

"알려줄게. 네가 리구에게 할 말이 있어 보이니까."

강민재가 시간을 확인하는 듯 스마트폰을 켜 보고는 말했다.

"고마워요."

"음, 그러니까 내가 리구 있는 곳에 데려다 주려고."

강민재가 큰 결심했다는 듯 말했다.

"아니요. 저 혼자 가요."

"아, 그게 아니라 아무나 면회가 안 되거든. 거기가 남학생들만 가는 완전히 스파르타식 학원이야. 나도 면회가 될까 모르겠다. 이젠 수능도 얼마 안 남았고, 공부할 건 다 했을 테니 한번 시도는 해 볼 수 있겠지. 그리고 거기 너 혼자서 못 가. 버스도 없을 거야. 차 없이 가면 산을 두 시간 쯤 타야할 걸."

경기도 어디 산속이라던데 교통이 그렇게도 안 좋을까. 근처까지 버스로 가고 걸어서 산을 오르면 되는데. 한편으로는 기껏 갔는데 면회가 안 되면 헛걸음이 될까 걱정되기도 했다. 강민재랑 가면 의지는 되겠지만 그 먼 길을 단둘이 가는 것은 썩 내키지 않았다. 강민재가 낄 일도 아니고, 강민재에게 폐를 끼치기도 싫었다.

"거기가 그렇게 가기 힘든 곳이라면 어쩔 수 없네요. 나중에 수능 보고 만나야겠어요."

"그럼 그러든지."

강민재는 더 할 말이 있는 사람처럼 입술을 한쪽으로 모으더니 이내 다시 입을 열었다.

"참고로 말해주는데, 수능 끝나면 네가 리구를 만나기가 더 어려울 거야. 리구네 부모님이 리구를 얼마나 옥죄고 있는데. 적어도 대학 입학식 할 때까지는 철통 방어일 거야."

점원이 점원용 모자를 벗으며 수아와 강민재가 앉는 자리를 바라보았다. 점원 눈치가 보였는지 강민재가 가방에 노트북을 넣으며 말했다.

"저번에도 말했지만 나는 네가 리구를 만나는 걸 권하지는 않아. 진심으로. 하지만 네가 만나겠다면 내가 데리고 갈 수는 있어. 이런 말하기 좀 그렇지만 보호자 자격으로."

"그럼 생각 좀 해볼게요."

기어이 기숙 학원 이름은 듣지 못한 채 카페에서 나와야 했다.

"선배님은 이리구 선배님이랑 소통을 하나 봐요? 통신 두절됐다고 하지 않았나요?"

수아가 계단을 내려오면서 그저 지나가는 말로 물었다

"완벽한 두절이 어디 있겠냐. 그럼 사람이 미치지. 학원 전화를 쓰게 하나 봐. 나한테는 두 번인가 연락했어. 학원에 들어가서 바로 한번, 요즘 한 번. 그냥 심부름……."

강민재가 말을 멈추더니 자기 귓불을 손바닥으로 박박 문질렀다. 심부름이란 말이 마음에 안 든 모양이었다. 강민재의 귓불이 빨갰다. 수아의 시선을 의식했는지 강민재가 얼른 손을 내렸다. 건물 앞에서 수아가 다시 한 번 말했다.

"기어이 학원 이름은 안 알려주실 거예요?"

"실은 나도 안 지 얼마 안 되었어. 저번에 학교 앞에서 만났을 때 말하더라. 나만 알고 있는 비밀이라 내가 책임이 느껴질 수밖에 없잖아. 내가 흘린 정보로 무슨 일이 벌어지면 곤란해. 리구가 좀 미스테리한 면이 있는 애라 더 조심스러워. 그러니까 내 책임하에 리구를 만나게 해줄 수는 있다 이거지."

수아는 강민재의 말이 더 미스테리하다고 생각했다. 이리구에게 무슨 변이 생길까 두렵다는 말 같기도 하고, 수아에게 무슨 일이 생길까 겁난다는 말로도 들렸기 때문이다. 이러거나 저러거나 학원 이름을 알려주지 않겠다는 말임은 분명했다.

"생각해 보고 연락해. 이번 주말 비워 놓았으니."

강민재는 말하고 자기 갈 길로 갔다.

수아는 마음이 흔들렸다. 아무 상관없는 강민재에게 부담주기 싫어서 선뜻 약속하지 못한 건데, 적극적으로 데려다 준다고 하는데 굳이 마다할 이유가 있을까. 수아는 이리구를 찾아가는 것만으로도 그 말도 안 되는 오해는 풀릴 거라고 생각했다. 오해가 풀리면, 그래서 이리구가 잘해 보자는 쪽으로 마음이 돌아서면 기회를 한번 주고 싶었다. 분위기 봐서 복이도 보여 주리라. 관계만 회복되면, 이리구가 대학에 입학하고 나서 그때 보여 줘도 되고. 서두르지 말고 천천히. 아니면 복이 돌날에 초대를 해도 좋지. 수아는 이런저런 구상에 설렜다.

토요일 아침, 수아는 또 자스민에게 그 패딩 재킷을 다시 빌려 달라고 했다.

"언니, 나 옷 좀 한 번만 더 빌려 줘. 알바비 받으면 한턱낼게."

"응. 얼마든지 갖다 입어."

자스민이 무얼 상상했는지 빙글빙글 웃으며 덧붙여 말했다.

"한턱내지 말고 알바비 받으면 예쁜 옷 사. 수아는 너무 멋을 안 부려."

"나 돈 아껴야 하는데……."

"그래도 열여덟 살이잖아."

자스민 얼굴에 안타까움이 스며 있었다.

"알았어. 언니."

수아는 혹시 다른 옷은 없나, 하고 자스민 옷장을 열어 보았다. 요즘 계절에 입을만한 옷은 역시 그 패딩 재킷밖에 없었다.

"수아, 혹시 복이 아빠 만나러 가는 거야?"

수아가 어정쩡한 표정을 짓자 자스민이 자기 화장대로 데리고 갔다.

"수아는 화장 안 해도 예뻐. 그런데 화장하면 더 예쁠 거야."

"아냐. 나는 내 모습 그대로 살 거야."

"예쁘게 보이라고 하는 게 아니라 화장하면 기분전환이 되잖아."

"화장은 됐고. 언니 실습 삼아 머리나 좀 만져줄래? 너무 길어서 거추장스러워."

"으이구. 섬머스매 같아."

어디서 그런 말을 배웠는지, 자스민이 사투리까지 구사하는 걸 보고 수아가 혀를 내둘렀다. 자스민이 한국에서 몇 년을 살았는데, 하며 드라이어를 가지고 왔다. 자스민은 요즘 유행하는 스타일이라며 양옆머리에 둥글게 웨이브를 주었다. 쭉쭉 뻗은 생머리보다 훨씬 인상이 부드러워 보였다. 수아가 이런 머리 처음인데, 하며 쑥스러워하자 자스민이 긴 머플러도 한 장 가져왔다.

"요즘 쌀쌀해. 이거 둘러."

"어머! 고마워, 언니."

막 현관문을 나서는 수아에게 자스민이 급히 말했다.

"아 참! 오늘 사장님 올라오신댔어."

"알았어, 언니. 그렇게 오래 걸리지는 않을 거야. 복이 잘 부탁해."

"사장님한테는 뭐라 말해?"

"모른다고 해. 내가 엄마랑 통화할게."

수아가 한눈을 찡끗하자 자스민이 자기 입에 대고 지퍼 닫는 시늉을 했다.

강민재는 아파트 단지 밖 주유소 앞에서 기다리고 있었다. 주유소 앞 길가에 세워둔 차가 꽤 큰 차라서 수아가 그냥 지나치려는데 경적이 울렸다. 돌아보니 그 차 안에서 강민재가 손짓하고 있었다. 수아가 조수석에 타자 강민재가 서서히 차를 움직였다.

"선배님, 고마워요. 저 때문에 이런 시간을 내주셔서요."

"덕분에 나도 드라이브 한다 생각하지 뭐."

강민재가 이어서 말했다.

"며칠 전에 내가 학교 홈페이지에서 널 찾아보았거든. 소수아, 왠지 이름이 익숙해서 말이야. 너 공부 엄청 잘 했더라. 홈피에 전교 5등까지 공개하잖아. 거기서 봤지. 그런데 2학년부터는 네 이름이 사라졌어. 갑자기 등수 밖으로 밀려날 리가 없을 텐데. 무슨 일 있었던 거야?"

"필리핀에서 어학연수하고 왔어요."

강민재가 그건 몰랐다는 듯 아하, 하고 고개를 끄덕였다. 이리구가 그런 이야기는 안 해준 모양이었다.

"한두 달만 공부하려고 했는데 하다 보니 길어졌어요."

"혹시 리구랑 관련 있는 건 아니고? 난 솔직히 리구 입에서 소수아라는 이름이 나왔을 때 누군가 했어. 진이는 알거든. 워낙 리구를 대놓고 쫓아다니던 애라. 너 진이 친구 맞지? 너 처음 봤을 때 어렴풋이 네 얼굴이 떠오르더라. 진이도 아니고 네가 리구 입에 오르다니 상상도 못했다."

강민재의 차가 동작대교를 지나 강변북로 방면으로 진입했다.

"진이랑 친구 맞아요."

강민재는 그 이상의 말을 듣고 싶겠지만 수아는 더는 할 말이 없어 잠자코 있었다.

강민재가 수아 눈치를 봤는지 화제를 바꿨다.

"거기가 무원읍이란 곳인데 좀 멀어."

"무원읍은 처음 듣는 지명인데 거기가 어디예요?"

"경기도 동북쪽. 산속에 학원이 있는 것 같던데. 학원 이름이 무원기숙학원이야."

그 비밀스런 이름이 이제야 나왔다.

"무원기숙학원. 선배님도 아직 안 가 본 거예요?"

"응. 거기가 어디라고 가?"

"전에 무슨 심부름 했다고 하지 않았어요?"

강민재는 별로 하고 싶은 이야기는 아니라는 듯 이맛살을 구기면서도 자기 속을 털어놓았다.

"거기 오라는게 아니라, 리구 졸업장을 타다 자기 집에 갖다 달라는 거야. 그런 건 자기 가족한테 부탁해야 하는데……"

"선배님을 그만큼 믿고 의지하나보죠."

강민재가 하, 하고 숨을 크게 내쉬었다. 자기 감정을 조절하고 있다는 느낌이 들었다. 강민재가 진짜 이리구의 빵셔틀이었다면 이리구에 대한 감정이 좋지는 않을 것 같았다. 차마 수아 앞에서 다 말할 수는 없을 것이다. 이리구에 대한 좋은 감정을 가지고 있는 수아 앞에서는 더욱. 수아는 뭔가 할 말을 참고 있는 강민재가 안 돼 보이기도 하고, 성격이 좋아 보이기도 했다.

"어쩐지 무원기숙학원은 지독한 학원일 것 같아요."

다시 학원으로 화제를 바꿔 보았다.

"거기 귀족학원이야. 돈 있는 집 자식들만 갈 수 있어. 왜 그런 집 있잖아. 돈은 있는데 자식이 공부는 안 하고. 어떻게 해서든 대학에는 입학시키고 싶은 집. 리구는 다른 경우지만……."

"왠지 고립무원이란 말이 떠올라요."

"말 되네. 완전 감옥이라고 하던데. 리구는 공부가 되는 애라 거기서도 1등은 하겠지. 그런데 문제는……. 아니다. 그래도 수능 때까지는 잘 참고 견디겠지."

강민재가 말을 얼버무리며 맺었다. 수아는 강민재가 말하려다 만 문제라는 것이 궁금했지만 참았다. 어쩐지 이리구에 대한 별로 안 좋은 소리일 것 같았기 때문이다. 설마 작년처럼 그런 일이 또 있을 리는 없을 텐데. 고립무원 기숙학원에 갇혀 있는 사람이 무슨 문제를 일으킬까.

무원기숙학원에 대한 이야기를 나누다보니, 수아는 새삼 걱정되었다.

"리구 선배에게 오늘 간다고 말했지요? 면회가 안 되면 어쩌죠?"

"아니 아직. 리구가 전화를 하면 이야기했을 텐데 이번 주에 전화를 안 해서. 걱정 마. 리구는 거기 있는 거 확실하니까. 가서 면회 신청해 봐야지."

"그럼 학원 전번도 몰라요?"

"발신자 표시 제한으로 뜨더라."

"그럼 어떻게 하려고요?"

"정문에 인터폰이 있대. 그걸로 면회 신청한다나봐. 한 달에 한 번 부모님이 찾아온다고 하는 소리를 들었어."

"그러니까 사전에 연락도 없이요?"

"응. 그 학원 시스템이 그래. 어쨌든 면회가 아예 불가능한 것은 아니니까 리구 볼 수 있을 거야."

수아가 불안해한다는 걸 눈치챘는지 강민재가 자기를 믿으라고 덧붙여 말했다.

"네가 리구를 꼭 봐야 한다고 해서 가는 거잖아. 오해를 푼다며. 오해 푼 다음에 내가 너에게 해줄 말이 있어. 지금 말하기는 좀 그렇고, 나중에 할게."

차는 한강변을 달리고 있었다. 네비게이션에 덕소삼패IC에서 고속도로로 진입한다고 표시되어 있었다.

"드라이브한다고 생각하고 창밖을 봐. 단풍이 멋지다."

강민재가 수아를 편안하게 해주려는지 웃으며 말했다.

그때 수아 스마트 폰에 벨이 울렸다. 이지영의 전화다. 수아가 받을까 말까 잠시 망설이자 강민재가 나섰다.

"누구야? 어서 받아봐."

"엄마예요."

"그런데 왜 안 받아? 오늘 거기 가는 것 말 안 하고 왔어?"

"네."

"학교 선배랑 친구 만나러 간다고 해. 늦지 않게 돌아갈 거라는 말도 하고 아무리 늦어도 어두워지기 전에는 데려다줄 거니까."

생각보다 강민재가 차분하고 진지하게 말했다. 수아는 고맙다는 뜻으로 가볍게 고갯짓을 하고 통화버튼을 눌렀다. 예상했던 대로 이지영이 운전하는 선배가 누구고, 만날 친구는 누구고, 행선지가 어디냐고, 꼬치꼬치 캐물었다. 수아는 강민재 선배와 무원읍은 말했지만 이리구를 만나러 간다는 말은 하지 않았다. 대신 강민재에 대하여는 칭찬을 늘어놓으며 믿음이 가는 좋은 선배라고 다소 수다스럽게 말했다.

터널을 다섯 개쯤 지났나, IC 표지판도 열 개쯤 지났다. 수아는 조수역할을 하겠다는 듯 무원 IC가 나올 때를 기다리며 표지판이 나올 때마다 눈여겨봤다. 네비게이션에서 곧 이 도로의 마지막 휴게소가 나올 거라는 안내음이 나오고 얼마 안 있어 경로를 이탈했다는 안내음도 나왔다.

"어제 지도 보고 다 외워뒀는데, 여기가 워낙 시골이라 네비도 못 읽는 것 같다."

"제 폰으로 지도 검색해 볼까요?"

"아냐. 네비가 다시 경로를 찾을 거야."

얼마쯤 달리자 휴게소가 나왔다. 강민재는 오른쪽으로 빠져들어가 휴게소 주차장에 차를 세웠다. 수아가 화장실에 갔다 오니 강민재는 자기 스마트폰과 네비게이션을 번갈아 보며 검색에 열중하고 있었다. 다행히 네비게이션에서 마악산 입구가 검색되었다.

다시 출발했다. 얼마쯤 가다 오른쪽 도로로 빠져나온 차는 둥글게 돌아 10시 방향으로 난 길로 들어갔다. 강민재가 거의 다온 것 같다고 말했다. 그러면서도 산비탈 길을 한참 더 올라갔다. 50m 앞은 마치 길이 끊긴 듯 나무뿐이다가도 돌아서면 다시 길이 이어졌다. 그러길 여러 차례, 나무 위로 건물 지붕이 보였다. 좀 더 가자 하늘을 배경으로 회색 건물 한 동이 모습을 드러냈다. 마치 산꼭대기에 지은 성 같았다.

"우리나라에 이런 곳이 있었나? 네 말마따나 진짜 고립무원이다. 잠깐 있어봐."

강민재는 학원 앞 한갓진 곳에 차를 대고 내렸다. 수아는 가슴 조이며 차창 밖을 주시했다. 강민재가 인터폰을 찾는지 거기에 대고 말하는 것 같았다. 말을 마치고 돌아선 강민재의 표정이 밝았다.

"리구에게 연락해 준대."

"아, 다행이에요."

"내가 먼저 리구를 만날 테니, 넌 차에 있어. 내가 연락하면 나와."

"네. 그럴게요."

얼마 안 있어 학원의 철 대문 옆 쪽문이 열리고 그 안에서 이리구가 나왔다. 얼굴은 예전보다 더 하얗고, 몸은 말라 보였다. 수아는 이리구를 보자 가슴이 설렜다. 아메리카노를 사들고 뛰어가던 그때처럼. 강민재가 차에서 내려 이리구에게로 갔다. 둘은 학원 옆 수풀 쪽으로 걸어갔다. 수아는 눈으로 그들을 쫓았다. 두 사람은 나무들에 가려져 금세 보이지 않았다.

오래지 않아 강민재로부터 나와 있으라는 문자가 왔다. 여러 가지 생각이 들었다. 만나주는구나, 만날 수 있어서 다행이야, 그리고 한편으로는 '왜 또'라는 말을 듣지나 않을까 걱정되었다. 수아는 숨을 한번 깊이 내쉬고 차에서 나왔다. 이리구가 수아를 향해 걸어오고 있었다. 수아는 다가오는 이리구를 보자 예상치 못했던 감정이 일었다. 기대 같은 것이 꿈틀거렸다.

"너……."

이리구가 미간을 찌푸렸다.

"저 자식, 시키지도 않은 짓을 했어."

강민재는 멀찍이 서서 스마트폰을 만지작거리고 있었다.

"너 어학연수 갔다며?"

"네. 작년 11월에 갔다가 올해 2월에 귀국했어요."

"옛날 일은 깨끗이 지운 거 맞지?"

아기를 말하나 싶어 잠시 머뭇거리고 있는데 이리구가 덧붙여 물었다.

"야, 너 아니지?"

이 물음에는 놓칠세라 똑똑히 아니라고 대답해 주었다.

"그래. 넌 그럴만한 아이는 아냐. 착하긴 하잖아."

"네. 그 오해를 풀고 싶어서 왔어요. 그런 거 신경 쓰지 말고 수능에 집중하세요."

이리구는 수능 같은 건 별거 아니라는 듯 피식 웃고는 수아를 위아래로 훑어보았다.

"너 스타일이 바뀌었다?"

수아는 이리구의 표정에서 여자는 얇아, 할 때의 모습을 읽었다. 썩 유쾌한 기억은 아니지만 왜 또, 하며 소리 지르는 것보다는 낫다고 생각했다.

2○○2년 10월 15일 토요일

이리구가 대학에 떨어진 후 어디서 뭘 하는지는 관심 없었다. 보기 드문 수재로 알려진 이리구가 대학 입시에 실패한 것만으로도 어느 정도는 만족했기 때문에 잊고 살았다고나 할까. 그 이름을 한 번도 입에 올리지 않았으니(복이 이야기하다가 아빠란 존재가 나올 법한 상황에서도) 잊으려고 노력했다는 표현이 더 맞을 것 같다.

그런데 무원읍, 이 느닷없는 마을 이름은 뭐지? 수아가 무원읍에 간다고 했을 때 불쾌하게도 이리구가 떠올랐다. 이리구, 이 녀석이 왜 또 나타났을까. 인스타그램에서 A고교 12회 졸업생을 검색했다. 몇 명이 나타나고, 졸업 무렵에 올린 게시글을 검색하니 졸업 사진들이 떴다. 그중에 이리구가 있나 살펴보았다. 없다. 불미스런 일에 연루되었으니 졸업식에 왔겠나. 메시지로 이리구에 대하여 물어볼 수도 있지만 묻는다고 해서 남의 신상을 쉽게 말해 줄 리도 없고. 섣불리 묻는 것보다는 댓글 단 사람들을 징검다리 삼아 클릭해 들어가 보는 게 낫다. 강민재가 나왔다. 강민재는 수아가 말했던 그 선배 이름 아닌가? 강민재의 SNS를 샅샅이 뒤져본 결과, 1년 전 포스트에서 이리구의 댓글을 발견했다. 이리구 이름을 발견한 순간 온몸에 소름이 쫙 끼치면서 머리

털이 쭈뼛 솟았다. 이 이름을 내가 또 맞닥뜨려야 한다니. 어쩐지 불길했다.

이리구는 강민재 셀카 사진 아래에다 작작 좀 해라, 라고 썼다. 포토샵으로 피부 미남으로 만들어 놓은 강민재 사진을 비웃는 말 같았다. 그 글에 이어서 떠나기 전에 한번 보자는 글을 올렸는데 강민재의 답은 없었다. 이리구가 쓴 답글 아래로 이리구의 글이 또 달렸다. 대답이 왜 없냐, 친구로서 부탁할 게 있으니 인스타 메시지를 확인하라는 내용이다.

대화는 거기서 끝났다. 이런 시시콜콜한 이야기를 왜 문자로 하지 않고 인스타에서 하는 걸까. 둘이 인스타 친구인 걸 보면 친한 것 같은데 대화 내용을 보면 그렇지도 않은 것 같다. 강민재의 대답도 시큰둥하고, 그 게시글이 마지막인 걸 보면 이리구를 피해 SNS를 닫은 것도 같다. 순전히 내 짐작이지만.

하여튼 이리구는 멀리 떠난 모양이다. 그 곳이 무원읍일지도 모른다는 생각이 들었다. 검색 사이트로 돌아와 무원읍, 재수, 학원, 이 세 가지 단어를 검색해 보았다. 무원기숙학원이 떴다. 무원기숙학원은 마악산이라는 산속에 있었다. 마악산은 경기도와 강원도 사이에 있는 산인데 작은 야산이지만 바위가 꽤 많았다. 바위들은 마치 덧니처럼 툭툭 불거져 있었다.

무원기숙학원도 바위들 중 하나처럼 나무들 사이에 콕 박혀 있었다. 일부러 사진을 그렇게 찍었는지도 모르겠다. 학원 소개

글에 세상과 격리되어 오로지 공부만 생각하게 하는 입지 조건을 갖췄다고 한 것을 보면. 위리안치라는 말을 연상케 했다. 만약 이리구가 거기 들어가 있다면 제대로 잘 들어간 것이다. 그 녀석은 위리안치시킬 만한 놈이니까. 그동안 이리구 엄마가 이리구를 키우면서 선택한 것들 중에서 가장 현명한 선택을 한 거다.

종일 일이 손에 잡히지 않았다. 수아가 이리구를 만났을까. 만나서 무슨 말을 했을까. 복이의 존재를 알리려고 했을까. 알리고는 싶었겠지. 그 점은 어느 정도 이해가 된다. 하지만 이리구 같은 녀석에게 말할 필요가 있을까.

저녁에 못 참고 이리구 이야기를 꺼냈다. 수아는 듣고 싶어 하지 않았다. 이리구가 첫사랑이라서 그런가. 이리구에 대한 긍정적인 생각이 너무나 단단히 박혀 있다. 수아에게 말하고 싶다. 네 사정을 객관화시켜 보라고. 그러면 자기가 성폭행 당했다는 것을 알게 될 거다. 슬프지만 인정하고 싶지 않지만 그게 맞는 거다. 그 말이 수아에게 너무 가혹하다면 나는 다시 한 번 진심을 다해 말할 거다. 이리구가 어디서 뭘 하든지 신경 쓰지 말고 살자고.

향기

이리구를 만나고 온 다음 날이었다.

special

> 뭐하니?

수아의 스마트폰에 이리구의 문자가 들어왔다.

rose moss

> 공부하고 있었어요. 폰 쓸 수 있어요?

special

> 받았어.

여전히 대답은 참 간단했다.

special

> 아직도 원룸?

rose moss

아니요. 빌라.

special

엄마랑?

rose moss

엄마는 농장 때문에 시골에 계시죠.

special

혼자겠네. 토요일에 볼까?

rose moss

괜찮아요?

special

서울 가서 문자할게. 잠깐 볼일이 있거든.

rose moss

곧 수능인데요?

special

더 할 것도 없어.

rose moss

네.

수아는 이리구와 나눈 문자 대화를 처음부터 쭈욱 훑어보았다. 꽤 길었다. 이렇게 길게 문자로 대화를 나눈 적은 없었다. 예전엔 10시까지 갈게, 또는 도착, 문 열어, 정도였다. 수아는 이리구가 달라진 것 같다고 느꼈다. 프로필 사진은 15도 쯤 옆으로 살짝 돌려 찍은 이리구의 얼굴로 바뀌어 있었다. 이리구의 우뚝한 콧날이 더욱 도드라졌다. 조각칼로 한 번에 도려낸 듯한 선명한 인중을 중심에 놓고 양옆으로 이어지는 또렷한 입술선. 수아는 이리구의 얼굴을 크게 확대하여 꼼꼼히 뜯어보았다. 자연히 복이 얼굴을 떠올리게 되었고, 얼굴의 아래쪽이 닮았다고 생각했다.

"수아야."

이지영이 또 어제 일을 꺼내려고 분위기를 잡았다. 어젯밤에도 무원읍에 갔다 온 일을 꼬치꼬치 묻기에 이리구를 만났다고 하니까 이지영이 정색을 하고 말렸다. 다시는 만나지 말라고. 수아는 이리구가 복이 아빠인 이상 인연을 끊을 수는 없을 거라고 했다. 게다가 자기는 지금도 이리구를 좋아하고 있다고 말했다. 이지영이 겁먹은 얼굴을 해서 이리구가 다시 만나자고 했다는 말은 못했다. 이지영이 다급하게 복이 이야기를 했냐고 물었다. 수아가 고개를 가로젓자 다행이라며 가슴을 쓸어내렸다.

오늘도 이지영은 줄곧 수아를 불안한 기색으로 대했다.

"아무 생각 말고 검정고시나 준비해."

결국 저녁에 빌라를 나서면서 단단히 주의를 주었다.

수아는 딱히 뭐라 대답도 못하고 어영부영 이지영을 배웅했다.

'복이 아빠인데 어떻게 안 만나. 게다가 리구 오빠가 나한테 많이 호의적이었어.'

수아의 속마음을 읽기라도 한 듯 자스민이 안절부절못했다.

"복이 아빠랑 잘 되면 좋긴 하지만. 수아, 잘 생각해."

이지영이 이리구에 대한 부정적인 말을 해주었구나, 하고 수아는 생각했다. 자스민에게 이리구가 달라진 점을 증명해 보이고 싶었다. 어제 이리구와 나눈 문자를 보여줄까, 하다가 말았다. 전에 나눈 짤막한 문자와 비교해 보지 않는 한 자스민에게 좋은 반응을 얻기는 힘들 것 같았다.

"언니, 그때는 고 3이라 당황해서 그랬을 거야. 지금은 달라졌어."

"어떻게? 우리 엄마가 사람은 쉽게 달라지지 않는다고 했어. 수아, 진짜 걱정돼."

"내가 알아서 할게."

수아는 자스민까지 자기를 말린다고 생각하니 짜증이 일었다. 언니는 내 편을 들어줘, 라고 말하고 싶은데 이미 자스민이 불안한 눈빛을 하고 있었다.

생각보다 일주일이 빨리 지나갔다. 주중에 이리구가 웬일로 안부 문자를 보냈다. 두 번뿐이었지만. 이게 무슨 호사인가, 할 정도로 수아는 들떴다. 강민재는 무원읍에 다녀온 다음 날엔 잘 들어갔느냐, 푹 쉬어라, 하더니 그다음 날부터는 문자도 전화도 뜸했다. 해 줄 말이 있다더니 잊었는지. 수아는 크게 신경 쓰지 않고 이리구가 보낸 문자만 여러 번 열어보았다.

이리구가 서울에 오기로 한 토요일. 수아는 언제나처럼 새벽에 일어나 운동을 했다. 운동을 마치고 돌아왔을 때 복이와 자스민은 아직 깨기 전이었다. 수아는 조용할 때 얼른 검정고시 예상 문제집을 폈다. 국어와 수학 문제를 연달아 풀었다. 문제 푸는 속도가 붙어 규정 시간의 3분의 2만으로도 충분했다.

쉬는 시간 10분간. 수아는 소파에 앉아 우유를 마셨다. 자스민이 안방 문을 조심스럽게 열고 나왔다.

"언니, 복이 자?"

"응. 아침은? 지금 차려줄까?"

"아니. 내 아침 식사는 이걸로 됐어. 지금 문제 풀다 나왔거든."

"그럼 난 이유식 준비할게."

자스민은 공부를 방해하지 않겠다는 듯 말을 짧게 하고 주방으로 들어갔다. 수아는 우유 컵을 들고 방으로 돌아와 책상 앞에 앉았다. 영어 문제집을 펴고 시계에 한 시간 후 알람이 울리도록 타이머를 맞췄다. 영어 문제를 풀고, 국어, 수학, 영어 답안을 맞춰 보고 났을 때 12시였다. 그제야 스마트폰을 열어 볼 시간이 생겼다. 이리구로부터 문자는 아직 안 왔다. 아직까지 연락이 없는 걸 보니 학원에서 나오기가 어려운 모양이었다. 사회 문제집을 펼쳤을 때 반갑게도 진동이 울렸다. 이리구 문자였다.

special

서울 거의 다 옴. 빌라 이름과 동호수 찍어.

rose moss

서울이에요?

special

몇 동 몇 호냐구.

rose moss

로얄빌라 A동 405호. 왜요?

special

왜긴.

rose moss

?

special

공동현관 비번은?

rose moss

제가 나갈게요.

special

?

물음표를 보고 수아는 잠시 헷갈렸다. 굳이 집으로 오겠다? 만약 수아가 나가겠다고 고집 피우면 오늘의 만남을 포기하겠다는 뜻으로 읽혔다. 어떻게 할까? 수아는 이리구가 서울까지 와서 그냥 돌아가는 것이 아쉬웠다. 이대로 돌아가면 다시는 자기랑 만남을 시도하지 않을 것만 같고. 이참에 복이를 보여 줄까도 생각했다. 이리구에게는 놀랄 일인데, 어쩌면 충격일지도 모르는데, 아무래도 아직은 무리다. 수능이라도 보고 난 다음에 날 잡아야지. 복이 문제는 서두를 거 없다고 마음을 고쳐먹고 스마트폰 화면을 봤다. 그 사이 이리구가 물음표를 하나 또 찍어 올렸다.

rose moss

오빠, 그럼 한 시간 후에.

수아는 공동현관비번을 찍어 보내 놓고 주방으로 뛰어갔다.

자스민이 복이를 업고 점심 식탁을 차리고 있었다. 복이가 수아를 보고 엉덩이를 들썩이며 좋아했다. 자스민 등에서 복이를 내려 안은 수아는 의자에 앉아 이유식 그릇을 당겼다.

"언니도 어서 먹어."

"난 천천히 먹어도 돼."

자스민은 늘 그렇듯이 복이를 먹여 놓고 그다음에 숟가락을 들었다.

"복이는 내가 먹일게. 언니 어서 먹고 외출 준비해."

"왜 갑자기?"

"나 시험 준비해야 하는데 집중이 안 돼서."

공부 때문이라는 말에 자스민이 바로 수긍했다.

"그럼 어떡해야 해?"

"복이 데리고 잠깐 어디 갈 데 없어? 친구 집에 갔다 와도 되고."

"정말? 그럼 나 서울에 있는 필리핀 친구 집에 갔다 올게."

그래도 되지, 하고 자스민이 조심스럽게 물었다. 당연하지, 하는 대답에 자스민이 들떠 말했다. 친구 만날 시간이 없어서 늘 전화만으로 연락을 했다는 거다. 투정하는 것으로 비칠까 걱정되었는지 친구도 일 때문에 바쁘다는 말을 얼른 덧붙였다.

"오래는 말고, 두 시간 정도만."

"응. 두 시간이면 충분해."

자스민이 외출 준비를 하는 사이, 수아는 복이랑 놀아 주었다. 복이는 장난감 자동차가 굴러가는 쪽으로 신나게 기어갔다. 기어이 장난감 자동차를 잡아서는 다시 반대쪽으로 놓고 굴렸다. 그리고 또 따라와서 잡았다. 수아는 같은 놀이를 반복하면서도 재미있어 하는 복이가 귀여웠다. 자스민이 외출 준비를 끝내고 방에서 나와 수아에게 메모지 한 장을 건넸다. 친구 전화번호였다. 수아는 빙글 웃으며 곰인형 하나와 지금 갖고 놀던 장난감 자동차를 복이 기저귀 가방에 넣어 주었다. 자스민이 복이에게 두툼한 옷을 입힌 다음, 띠를 둘러 가슴 앞으로 안았다. 둘이 나가고, 수아는 시계를 봤다. 아직 20분쯤 남았다. 수아는 복이 장난감이며 옷가지들을 복이 방에 넣고 방문을 닫았다. 창문을 열어 환기를 시키고, 방향제를 뿌렸다. 이리구가 오면 마실 커피도 핸드드립으로 내렸다.

special

왔다. 문 열어.

이리구가 예전처럼 발꿈치를 비비적거리며 운동화를 벗었다. 거실로 올라와서는 추운지 몸을 떠는 시늉을 했다. 수아는 얼른 뛰어가 창문을 닫았다. 거실에 올라선 이리구가 집 안을 둘러보더니 어깨에서 가방을 풀어 내리고 앉았다.

"이 동네, 학교에서 멀지 않니?"

"별로요. 그리고 저 학교 안 다녀요."

"왜?"

"검정고시 보려고요."

"이거 무슨 냄새지?"

검정고시 본다고 하면 후속 질문이 있을 만도 한데, 이리구는 화제를 돌려버렸다.

"방금 커피를 내렸어요."

"커피 말고."

"방향제인가 봐요."

"그런가?"

수아는 이리구가 복이 분 냄새를 맡은 것일 수도 있다고 생각했다. 수아는 복이 분 냄새를 덮을 요량으로 커피 잔에 커피를 따랐다.

"커피예요. 오전이라 진하게 내렸어요. 괜찮죠?"

"커피는 됐고. 내가 시간이 별로 없어. 5시까지는 학원에 돌아가야 하거든."

다행인지 이리구는 냄새에 대하여 더는 파고 들지 않았다.

"외출이 가능해요? 기숙학원은 수능 전날까지도 관리한다던데요."

"나니까 가능하지."

여전히 공부를 잘하니까, 그냥 잘하는 정도가 아니니까, 라고 수아는 생각했다.

"어디가 방이야?"

이리구가 소파에서 일어나더니 안내하라는 듯 수아에게 눈짓했다.

"여기서 이야기해요. 방이 좁아서 답답해요."

"왜 그래?"

이리구가 알 수 없다는 듯한 표정을 짓더니 짜증스런 말투로 말했다.

"야, 작년에 너랑 처음 만났을 때처럼 해야 하니? 일 년 만에 만났다고 그 과정을 또 밟아야 해?"

그 과정이라니. 수아는 잠시 생각했다. 처음엔 편의점에서 보고, 두 번째는 원룸에서 컵라면만 먹고 간 일을 두고 하는 말 같았다. 그게 침대로 올라가기 위한 과정이었구나, 수아는 그제야 깨닫고 숨을 삼켰다.

"이 방이 아니면 저 방?"

이리구가 성큼성큼 걸어 수아의 방문을 열었다. 수아는 말리고 싶었지만 굳이 그러지 않았다. 작년의 수아처럼 그러지는 않으리라 다짐도 했고, 이리구를 거부할 자신도 있었다.

수아가 책상에서 의자를 빼 권했지만 이리구는 침대머리로 가 기대앉았다.

"너랑 그렇게 헤어졌지만 그날이 자꾸 생각나더라."

"그날이요?"

수아가 의자에 앉으며 물었다.

"네가 그랬지. 채송화 꽃잎에게 미안하다고. 미안할 것도 많지."

"아, 그날."

수아가 이어서 말했다.

"오빠는 그런 감정을 이해 못하나 봐요. 섣불리 만졌다가 꽃잎이 까맣게 시들어버렸는데."

"됐고. 그날 네가 폭탄 발언하는 바람에 김샜잖아."

아, 임신한 것 같다고 했지, 수아는 얼굴에 핏기가 가시는 느낌이 들었다.

"내가 만약 향기라는 화제를 주면 넌 또 향기에 대한 시를 떠올리겠지."

그게 네 매력이야, 하며 이리구가 큭큭 웃었다. 또 해보라는 건가, 수아는 머릿속에 떠오르는 시를 금방이라도 내보내기 위해 대기시켰다. 이리구가 또 웃음소리를 흘리며 넌 그때나 지금이나 똑같아, 하고 말했다. 똑같지는 않은데, 하고 수아는 입속말로 중얼거렸다.

"방문 좀 닫고 이리 와."

이리구가 가까이 오라고 손짓했다.

"문은 열어두기로 해요."

이리구가 고개를 갸웃거리더니 기댔던 몸을 뗐다.

"너……. 왜 그래?"

"뭐가요?"

"계속할까, 말까? 이런 이야기."

"계속 하죠? 재미있는데. 오늘은 화제가 향기? 전 향기라고 표현되는 것은 다 좋아요. 향기는 냄새 중에서도 긍정적인 것을 골라 향기라고 하는 거잖아요. 향기 이미지가 들어간 시 한번 읊어볼까요?"

"역시 대박. 하지만 시를 읊기엔 시간이 부족해."

이리구는 수아의 손목을 잡아 끌었다. 얼결에 끌려 침대 위로 끌려온 수아는 마치 용수철 튕기듯 제자리로 돌아왔다. 이리구가 어, 하더니 굵은 눈썹을 꿈틀거리며 힐난하듯 말했다.

"네가 오라고 했잖아. 그럼 된다는 뜻 아니었어?"

"그건 아니고. 오빠랑 이야기가 하고 싶은 거였죠."

"했잖아?"

"그게 아니라……."

이리구가 못 참겠다는 듯 퉁명스럽게 물었다.

"그게 아니면 뭐. 너 나랑 무슨 이야기가 하고 싶은 거야?"

수아는 이리구에게 궁금한 것을 떠올렸다. 수능이 얼마 안 남았는데 무원기숙학원에서 외출을 허락했는지, 올해 대입 목표는 어느 대학 어느 과인지, 왜 이렇게 몸이 말랐는지 등등. 이런 시시콜콜한 질문이 이야깃거리가 되려나, 하고 있는데 이리구가 확인하듯 물었다.

"안 한다는 거지?"

"오빠가 오해했나본데 오늘 그럴 생각이 없었어요. 그리고 준비 없이는 절대로 안 해요."

"준비 없이는? 알았어."

이리구는 지체 없이 일어나 방문을 벌컥 밀고 나갔다. 소파 옆에 놓아둔 가방을 어깨에 걸칠 때 수아가 조심스럽게 말했다.

"벌써 가려고요."

"응."

이리구가 나가고 현관문이 쾅 소리를 내며 닫혔다. 설마 이대로 끊어지는 것은 아니겠지. 복이를 위해서라도 이리구와 연을 계속 이어나가고는 싶은데. 만난 지 30분도 안 되어 가버린 이리구가 원망스러웠다. 어떻게 해야 이리구와의 관계를 현명하게 이어갈지, 지금 수아로서는 알 수가 없었다. 실망스럽기도 하고 불안하기도 한 시간을 몇 분 흘려보내고 나니 복이 생각이 났다.

"아, 복이를 불러야 해."

자스민에게 문자를 보내놓고 얼마 안 있어 강민재로부터 문자가 왔다.

강민재

> 혹시 리구 만났니?
> 지금 서울에 와 있다고 연락 왔어.

강민재

수능을 앞두고 리구가 서울에 나타난 것은 왠지 불길해.
내가 저번에 너에게 해줄 말이 있다고 했지?
그 말을 해줘야 할 것 같아.

rose moss

선배님, 그날 정말 감사했습니다.
알바비 받으면 밥 살게요.

강민재

밥?

밥 산다는 말을 괜히 했나, 후회했지만 한 문장 더 올렸다.

rose moss

날짜 정해 주세요.

강민재

내 말 뜻을 잘 못 알아듣는 것 같은데. ㅜㅜ
너 리구에 대하여 진지하게 다시 생각해봐.
지금은 내가 바쁘고 조만간 또 연락할게.

수아는 강민재의 문자를 처음부터 다시 읽어보았다. 혹시 수아에게 관심 있어서 이러는 건 아닐까. 굳이 그 먼 무원기숙학원에 데리고 가준 것도 그렇고, 유난히 친절한 것도 그렇고. 그런 의심이 들기 시작했다. 그런가 하면 강민재의 문자는 이렇게 흔한데 이리구의 문자는 왜 그렇게 귀한가, 하는 생각도 들었다. 그렇게 가버렸으면서도 이리구는 문자 한 통 보내지 않았다.

２００２년 10월 23일 일요일 태풍

바람이 좀처럼 잦아들지 않았다. 뉴스에선 태풍이 우리나라를 비껴갔다고는 하는데 바람은 오히려 더 거세진 것 같다.

이쯤에서 완전히 태풍 영향권에서 벗어나면 좋은데. 혹시 몰라 이번 주는 복이 보러도 못 갔다. 복이 얼굴이 눈앞에 아른거려 죽겠다. 지난주엔 복이가 일어서려고 용쓰는 모습을 보고 왔다. 앉아 있던 복이가 엉덩이를 쳐들더니 두 손으로 바닥을 짚는 거다. 그런 다음 으차, 두 팔에 힘을 주고 탁자 자세를 만들었다. 그러고 가만히 있는 게 아니다. 몸이 왼쪽으로 기울어지면 힘을 모아 오른쪽으로 끌어당기고, 너무 오른쪽으로 왔다 싶으면 다시 왼쪽으로. 그러다 보니 왼쪽 오른쪽으로 흔들흔들하는 것처럼 보였는데 그게 다 균형 잡기 위해 정신을 집중하는 거다. 흔들림 없이 완벽하게 안정되면 두 손을 바닥에서 뗄 것이다. 그런 다음엔 허리에 힘을 주어 윗몸을 일으키겠지.

복이가 끙끙대면서 그러고 있을 때 자스민과 나는 파이팅을 외쳐 주었다. 힘내라, 힘내라, 복이야, 힘내라. 우리의 응원이 끝나기가 무섭게 복이가 옆으로 픽 쓰러졌다. 너무나도 기특해서 얼른 가서 안아 주었다. 그런데 세상에, 이마에 땀방울이 방울방울 맺혀 있는 거다. 누가 수아 딸 아니랄까 봐 쏙 빼닮았구나.

지금쯤 섰을까. 갑자기 궁금해져 전화를 걸었다. 자스민이 받았다. 자스민은 내가 궁금해하는 것이 뭔지 다 안다는 듯 복이 소식부터 전했다. 복이가 드디어 섰단다. 탁자 자세에서 한 5초 정도 정신 집중하다가 천천히 바닥에서 손을 떼더라는 것이다. 자스민이 흥분해서 말했다. 복이가 2초, 아니 3초 정도 서 있었다고. 기특한 우리 복이. 복이에게 칭찬 많이 해줬냐고 하니까 충분히 해줬다고 했다. 수아도 많이 좋아했단다.

복이는 뭐하냐고 물었더니 잔다고 했다. 안 자면 일어서는 모습을 영상 통화로 보여 달라고 하고 싶었는데. 아쉬운 마음에 한창 놀 시간에 왜 자냐고 물었더니 자스민이 떨리는 목소리로 말했다. 복이가 감기에 걸렸다고. 이게 무슨 날벼락 같은 소리란 말인가. 자스민은 내가 너무 걱정한다 싶었는지 병원에 갔다 왔으니 이젠 안심이라고 했다. 병원에 갈 정도로 많이 아픈가, 집에만 있는 아기가 왜 감기에 걸리냐, 환기를 너무 오래 시킨 거 아니냐, 하고 추궁하니 자스민이 모기만한 소리로 고백했다. 잠깐 밖에 나갔다 왔다고. 어제 날씨도 안 좋았는데 하필 왜 외출을 했냐니까 수아가 친구 집에서 놀다 와도 된다고 했단다.

수아가 왜 그랬지? 하필 그런 날씨에. 여기만큼은 아니지만 서울도 바람이 많이 불었을 텐데. 그런 날에 복이를 밖에 내보내다니. 내가 너무 예민하다고 생각했는지 자스민이 예의 그 차분한 목소리로 또박또박 설명했다. 수아가 공부하는 데 집중이 안 된다고 잠깐 나갔다 오라고 했는데 자기가 너무 오래 있다 온 것 같다고. 하지만 지금 복이는 병원에서 주사 맞아서 그런지 새근새근 잘 자고 있다는 거다. 더 뭐라 하면 자스민이 힘들어 할 것 같아서 이만 전화를 끊었다.

다행히 바람소리가 한결 잦아들었다. 밖으로 나와 하우스를 한 바퀴 돌았다. 새로 지은 하우스는 단단히 잘 고정되어 있지만 예전 하우스는 느슨해진 비닐 사이로 바람이 들어가 방방하게 부풀었다. 그늘막도 한쪽으로 치우쳐 너풀거리고 있었다. 그 외는 양호한 편이다.

내일 점심 무렵에도 이 상태가 잘 유지된다면 서울에 올라가야지. 지금은 그 생각뿐이다.

⓭
최악

수아가 편의점에서 나왔을 때 강민재로부터 문자가 왔다. 2층 카페에 와 있다는 내용이다. 밥 산다는 말도 했기 때문에 지나칠 수가 없었다. 카페 창가 쪽에 강민재가 앉아 있었다. 강민재가 수아를 보고 손을 흔들었다. 아이스아메리카노가 얼마 안 남은 것으로 보아 온 지 한참된 것 같았다. 표정이 별로 밝아 보이지 않았다. 수아는 따뜻한 아메리카노를 엷게 주문하고 강민재 앞자리로 와 앉았다.

"알바 끝나고 온 거니? 힘들겠다."

강민재가 안쓰러운 표정을 지어 보이며 물었다. 수아는 그런 강민재의 배려 같은 마음이 부담스러웠다. 정말 자기를 좋아해서 이러는 걸까, 하는 생각이 비집고 들어왔기 때문이다.

"네."

진동벨이 울리고, 수아가 커피를 가지고 왔다. 강민재가 시계를 보더니 시간이 얼마 안 남았네, 하고 말했다. 카페 문 닫을 시간을 말하는 거다. 해주겠다는 말이 뭘까, 수아는 궁금했지만 재촉하지는 않았다. 듣고 싶은 이야기가 나올 것 같지도 않았고, 듣기 좋은 이야기가 나오더라도 수아에게 크게 영향을 줄 것 같지는 않았다.

"다음주가 수능이지? 리구, 내일 학원에서 철수할 것 같던데 혹시 또 연락 왔니?"

수아는 역시 이리구 이야기구나, 하고 고개를 끄덕였다. 실은 며칠 전에 이리구의 문자를 받았다. 돌아오는 토요일, 그러니까 바로 내일 만나자는 거다. 다시 연락을 해줘서 반갑긴 했지만 수능 전 주인데 괜찮냐고 했더니, 그건 네가 걱정할 일이 아니라고 해서 더는 말을 못 붙였다.

"내가 하는 말 잘 들어."

강민재가 한껏 목소리를 깔고 말머리를 꺼냈다.

"리구에 대한 말을 하려고 해. 네가 리구를 또 만난 것 같아서 하는 말이야. 네가 어떻게 생각할지 몰라 많이 망설였는데, 말을 해줘야 할 것 같아서 보자고 한 거야. 내가 하는 이야기가 리구를 흉보는 소리로 들려도 어쩔 수 없어."

수아는 또 그 이야기인가, 하고 커피를 한 모금 마셨다.

"리구, 학교에서 본 리구의 모습은 대단히 멋졌을 거야. 잘 생기고 공부 잘하지. 그런데 리구에게는 비밀스러운 부분이 있어. 여자 친구 이야기야. 리구는 나한테도 여자 친구 이야기는 절대

안 했거든. 작년 12월이었나, 그때부터 소문이 무성하더라. 임신
시켰다는 둥, 낙태를 시켰다는 둥, 강제로 전학시켰다는 둥. 우리
학교 다녔던 애는 갑자기 학교를 그만 두고 종적을 감췄는데 그
애에 대한 소문도 비슷해."

강민재가 수아로부터 시선을 피했다. 안 그래도 자기 이야기
같다고 생각하고 있던 수아는 거의 확신했다. 만약 그렇다면 크
게 놀랄 일도 아니다. 강민재가 말한 소문이란 것이 다 자기에게
해당되는 일이고, 그런 일을 당한 사람이 자신 혼자일 뿐이라면,
이미 알고 있는 일 아닌가.

"소문이 무섭네요. 하지만 소문일 뿐인걸요."

"나도 처음엔 소문일 뿐이라고 생각했어. 워낙 잘 나가는 애니
까 그런 소문도 나는 거겠지, 하고. 그런데 작년에 대입에 투서
사건까지 일어난 것 보고 믿을 수밖에 없게 되었어. 네가 투서한
것 아니라면 너 말고 또 다른 사람이 리구에게 피해를 입었다는
거야."

그건 그랬다. 분명 그 일은 수아로서는 모르는 일이니까. 누군
가 피해를 본 건 사실일 거다. 그래도 수아는 이리구가 자기 주
변에 있었으면 했다. 나쁜 이리구라 할지라도. 사실 이런 자신이
이해 안 될 때도 있었다. 특히 이지영이 귀에 딱지 앉을 정도로
말할 때는 자신을 골똘히 되돌아보곤 했다. 내가 지금 잘 하고
있는 건가. 잘못 된 건가. 생각 끝에는 아직도 이리구를 좋아하고

있는 자신과 복이가 있었다.

강민재가 신중하게 말한다는 듯 사이를 좀 두었다가 입을 떼었다.

"네가 리구에게 관심이 있는 것 같아서 하는 말이야."

수아는 이리구와의 사이에 관심이라는 엷은 끈만 있는 게 아니라 소복이라는 굵은 끈으로 묶여 있다고 생각했다.

"관심이 아니라요."

수아는 강민재의 쓸데없는 오지랖을 끊어내기 위해서라도 다 말해버릴까 하고 생각했다. 망설이고 있는 사이에 강민재가 마치 가면 쓴 것 같이 굳은 얼굴로 말했다.

"어쨌든 리구를 만나지 않았으면 해."

결국 이 말이 하고 싶었던 거구나, 수아는 강민재가 훼방을 놓는다고 생각했다.

"신경 써주시는 건 고마운데요, 그건 제 일이에요."

강민재가 손등으로 턱을 한번 괴었다 떼고는 말했다.

"솔직히, 솔직히 말이야. 네 사정 알고 났더니 리구에 대한 소문이 진짜구나, 하고 더 확신이 가. 리구가 네 이름을 입에 올리고, 공부 잘한 네가 갑자기 필리핀으로 어학연수를 갔다는, 이 두 가지만 두고 봐도 말이야. 아무리 내가 눈치가 없어도 리구랑 연결 지을 수밖에 없잖아. 그동안 학교에 돌았던 소문이 너에 대한 것일 수도 있는 거고. 솔직히 말해서 나는 너랑 리구 사이에 어떤 일이 있었는지 상관없어. 단지 리구를 잘 아는 사람으로서 리구 때문에 더는 피해당하지 않았으면 하는 거지."

수아는 개의치 않는다는 듯 커피를 마셨다.

"네가 리구를 만나 오해를 푼다기에 풀 건 풀고 엮인 것도 풀었으면 했어. 그냥 너를 돕고 싶었어. 네가 너무 착하고 순해 보였거든."

강민재가 컵에 남은 커피를 마저 다 마셨다.

"고마워요. 선배님."

수아 말투가 건성이다 싶었는지 강민재가 아랫입술을 한번 깨물었다.

"나는 여기까지. 내가 해줄 말은 다 했다. 그만 일어나야겠다."

강민재는 문 쪽으로 가려다 말고 잠깐 돌아보았다.

"잘 지내고."

수아는 강민재와 헤어져 돌아오는 길에 강민재의 뒷모습을 떠올렸다. 그동안 친절하고 배려심 있었던 모습에 비하면 많이 차가워 보였다. 잠깐 오해했던 수아에 대한 사심 같은 것도 없어 보였다. 그래서 그런지 강민재가 한 말들이 되새김질하듯이 곱씹어졌다.

'이리구, 이리구, 도대체 어떤 사람이야?'

수아는 혹시 이리구로부터 문자가 오지 않았나 싶어 스마트폰을 열어보았다. 역시 이리구의 문자는 없고 이지영의 문자만

한 통 와 있었다. 이지영이 보낸 문자는 오늘 아파트에 와 있다는 내용이었다. 수아는 설핏 걱정이 밀려왔다. 내일 이리구를 만나야 하는데. 뭐라 핑계를 대고 나가지? 한편으로는 내일 기숙학원에서 철수하는 날인데 수아를 만날 여유가 있겠나 싶기도 했다. 그렇게 생각하니 걱정 한 귀퉁이가 살포시 내려갔다.

이지영이 현관에 서서 수아를 맞았다.

"알바하고 이제 오는 거야?"

이지영의 표정이 알바 마치는 시간보다 늦었잖아, 하고 묻는 듯했다.

"복이는?"

"지금 몇 신데. 복이는 자. 왜 이렇게 늦었어?"

"다음 알바생이 늦게 와서 30분 더 했어."

"그 알바 좀 그만하면 안 돼? 대학이나 들어가고 하든지."

"할 만한데 왜."

"너무 힘들잖아."

"괜찮다니까."

"알았어, 어서 들어가 쉬어."

수아는 책상 앞에 앉았다. 이미 12시가 넘었다. 한 시간만이라도 공부하려고 교재를 펼쳤다. 집중이 안 되었다. 이상하게 강민재가 떠올랐다. 이리구가 아니고. 강민재가 한 말이 다 그럴 듯해 보였다. 어쩐지 진심이 느껴졌다. 따지고 보면 이지영도 강민재와 똑같은 말을 했다. 그것도 아주 줄기차게.

'내가 바보처럼 진실을 못 보는 걸까?'

그나저나 이리구는 내일 만나자는 건지 못 만난다는 건지, 가타부타 말이 없다. 문자를 보내볼까 하고 수아는 스마트폰을 열었다. 이리구는 지금 수능 때문에, 내일 기숙학원 철수 때문에, 정신없을 거라는 생각이 들었다. 말은 만나자고 했지만 그게 말처럼 쉬운 일이 아닐 것이다. 공연히 문자를 보냈다가 공부 방해나 하지. 이리구에게 문자 한번 자유롭게 못 보내는 건 일 년 전이랑 똑같았다.

토요일, 수아는 여느 때처럼 새벽에 일어났다. 혹시 밤새 문자가 왔나 싶어 스마트폰을 열어보았다. 새로 온 문자는 한 통도 없었다. 아무래도 무리인 모양이다. 차라리 잘 되었다고 생각했다. 이지영에게 거짓말하고 외출할 생각을 하니 마음이 불편했기 때문이다.

아침 운동을 하고 집에 돌아왔을 때 이지영이 주방에서 밥을 하고 있었다. 복이와 자스민은 자고 있는지 잠잠했다. 수아는 복이가 깨기 전에 얼른 샤워부터 하고 나왔다.

"하여간 부지런 하셔. 우리 수아는."

"그럼. 엄마를 닮았으니까."

"나는 댈 게 아니다."

이지영은 수아의 밝은 모습에 흐뭇해했다.

"나 아침식사하고 수능 실전 문제 풀 거야."

"그래. 어서 먹고 들어가 공부해. 그런데 검정고시 준비해야 하는 거 아냐?"

"검정고시는 준비 완료. 뭐 굳이 따로 안 해도 되고."

"하긴 그렇겠다."

식탁엔 제대로 된 밥상이 차려져 있었다. 이지영이 차릴 때는 꼭 밥이다. 수아는 밥그릇을 보더니 어떻게 다 먹지, 하는 표정으로 의자에 앉았다. 이지영이 맞은편에 앉으며 넌지시 말했다.

"이런 일상이 좋다. 우리에게 이런 평온한 날이 다시 찾아왔어."

이지영의 얼굴에 안심하는 빛이 퍼졌다. 그 밑에 애써 찾은 평온한 일상이 깨지면 안 된다는 걱정이 스며들었지만, 수아는 그것까지는 감지하지 못했다.

"엄마 덕분이야. 엄마가 도와주지 않았으면 난 지금쯤 어떻게 되었을까?"

"너도 애썼지. 우리 이대로만 살자. 다른 욕심 부리지 말고."

이지영이 수아를 지긋이 바라보았다. 수아도 같은 마음이길 바란다는 듯.

수아는 식사를 하고 방으로 들어갔다.

올핸 시험을 보지는 못하지만 수능 때까지는 수능 실전 연습을 해 볼 생각이었다. 8시 40분부터 80분간 국어문제를 풀고, 그 다음으로 100분간 수학문제를 풀고 나면 점심시간이다. 수아는 이지영에게 미리 12시 10분에 점심을 먹겠다고 문자를 보내놓았다.

수학 문제를 풀고 있을 때 스마트폰에 진동이 울렸다. 그때가 12시가 가까운 시간이었으므로 수아는 진동을 무시하고 수학 문제를 마저 다 풀었다.

"수아. 점심시간이야."

밖에서 자스민이 불렀다. 수아는 의자에서 일어나 가볍게 스트레칭했다. 다시 스마트폰에 진동이 울렸다. 그때서야 이리구인가, 하는 생각이 들었고 얼른 확인했다.

special

> 나 도착.

special

> 곧 들어감.

수아는 깜짝 놀랐다. 주말에 만나자는 말이 또 집으로 온다는 뜻이었나? 지난주에 수아가 매우 부담스러워 했는데, 이리구가 수아의 마음을 잘 읽지 못한 것 같았다. 창문부터 열어 보았다. 혹시 빌라 1층 현관에 서 있는 건 아닌가. 고개를 내밀어 현관 쪽을 내려다보았으나 이리구는 보이지 않았다. 아직인가. 그렇다면 다른 장소를 말해줘야지, 하고 문자를 보내려는데 그보다 먼저 이리구의 문자가 들어왔다.

special

문 열어.

문이라니. 그리고 보니 1층 공동현관 비밀번호를 알려 준 것이 기억났다. 이리구는 벌써 집 앞에 있는 거다. 머릿속이 하얘졌다. 이지영은 주방에 있었고, 자스민이 복이를 안고 있었다. 복이는 수아를 보자 엉덩이를 들썩거리며 팔을 뻗었다. 안아달라는 거다. 수아는 복이를 안을 엄두도 못 내고 현관문 앞에 서 있었다.

"수아, 왜 그래?"

자스민이 복이를 어르며 물었다.

"누구 오기로 했어? 아니면 택배 기다려?"

수아는 자스민의 말이 귀에 들어오지 않았다. 이지영이 어서 밥 먹으라고 손짓을 하지, 복이는 수아에게 오겠다고 징징거리지, 게다가 스마트폰에서는 진동이 또 한 번 울렸다. 수아가 스마트폰과 현관문을 번갈아 보자 이지영의 얼굴에 불안한 빛이 어렸다.

이지영이 물었다.

"누구야?"

수아는 머릿속에 이런저런 생각들을 거둬내고 당장 해야 할 일을 떠올렸다. 이리구가 바로 문 밖에 있는데 굳이 피할 이유가 없다. 어쩌면 잘 된 거다. 수아는 지금 현관문 밖에 이리구가 와 있다고 말했다.

"뭐?"

이지영이 소스라치게 놀랐다.

"그 애 만나지 말라고 했잖아."

수아가 목소리를 낮추라는 손짓을 하며 말했다.

"엄마, 오빠도 복이를 알아야 하잖아. 어차피 한 번은 겪어야 해. 문 열어 줄게."

이지영이 수아를 막아서며 고개를 절레절레 흔들었다. 그러는 동안 스마트폰에 진동이 또 울렸다. 수아는 스마트폰을 보더니 어서 문을 열어 줘야겠다고 말했다.

"너랑 나랑 복이 잘 키우기로 했잖아."

이지영이 목소리를 죽여 낮게 깔아 말했다.

"그땐 리구 오빠가 다시는 안 올 거라 생각했으니까. 그런데 다시 찾아왔잖아."

어느 결에 복이를 안았는지 이지영이 복이를 안고 방으로 들어가려는데 그보다 먼저 현관문이 열렸다. 문이 열리자마자 이리구가 성큼 현관 안으로 발을 들였다. 운동화 뒤꿈치가 꺾인 것을 보니 이미 운동화 벗을 준비를 하고 있었던 모양이었다.

"어?"

이리구가 운동화를 마저 벗으려다 말고 멈칫했다. 집 안에 수아 말고도 다른 사람들이 있다는 것에 놀란 눈치였다. 그때 복이가 울었다. 복이는 늘 세 사람만 봐 왔기 때문에 낯선 사람만 보면 낯을 많이 가렸다. 자스민 말로는 남자 어른을 보면 더 운다고 했다. 아니나 다를까 복이가 울기 시작하더니 이내 숨이 넘어갈 듯 자지러졌다. 이지영이 열심히 달랬으나 허사였다. 이리구는 인상을 구기더니 바로 돌아서 문고리를 비틀었다.

"오빠."

이리구는 돌아보지도 않고 현관문을 밀었다. 수아는 마치 빼앗듯 이지영의 품에서 복이를 채 안고 복도로 나갔다. 이리구가 계단을 내려가려다 힐끔 수아를 보았다. 수아의 가슴에 얼굴을 묻고 흐느끼는 복이를 본 이리구의 얼굴이 굳어졌다. 이리구의 고개가 살짝 옆으로 기우는가 싶더니 눈의 흰자위가 하얗게 빛났다.

"너!"

수아는 이리구가 복이를 잘 볼 수 있도록 몸을 옆으로 돌렸다.

"오빠, 우리 아기야."

"너 최악이야!"

이리구는 일그러진 얼굴을 한 채 계단으로 뛰어 내려갔다. 이리구의 발자국 소리가 쿵쿵 울렸다. 그 소리가 무섭다는 듯 복이는 더 울어대고, 수아는 이지영에게로 눈길을 돌렸다. 눈물이 맺힌 서글픈 눈이었다. 이지영이 뛰어나와 복이와 수아를 한꺼번에 감싸 안았다. 그제야 복이가 울음을 멈췄다. 자스민이 복이를 수아의 품에서 떼어 안았다.

"나 잠깐 혼자 있을게."

방으로 들어온 수아는 책상 앞으로 가 의자를 빼 앉았다. 몸이 바들바들 떨렸다. 무릎을 올려 두 팔로 무릎을 감싸 안았다.

"내가 많이 기다리고, 참고, 노력했잖아."

최악이야. 그 말은 예전에 '왜 또'라는 말을 떠올리게 했다. 그때 그 말도 지금처럼 절망적이었지, 수아는 그 기억이 많이 엷어졌다는 걸 깨달았다. 이리구를 향한 마음이, 사랑이라고 착각했던 마음이, '왜 또'를 잊게 만들었다. 그 미련한 마음이 여기까지 오게 이끈 거다.

"이젠 그만. 그만이야."

수아는 그 마음을 접을 때가 되었다고 생각했다. 이리구를 만나고부터 지금까지 수아의 시간에서 한쪽을 채워가고 있던 부분. 그것을 걷어내면 수아의 시간이 오롯이 남을 거라는 계산이 나왔다. 남들에게는 없는 시간을 찾기 위해 어학연수를 떠날 때처럼, 그렇게. 수아는 앞으로도 그렇게 살면 되는 거라고 생각했다. 한결 몸의 떨림이 잦아들었다.

손을 뻗어 연필꽂이를 감싸고 있던 컵홀더를 뺐다. 자기가 할애했던 이리구의 시간을 버리듯 컵홀더를 찢어 휴지통에 던져버렸다. 손이 스마트폰으로 향했다. 스마트폰을 열어 이리구를 연락처 명단에서 지웠다. 홈 화면으로 돌아오니 rose moss라고 쓰인 자기 대화명이 눈에 들어왔다. 채송화, 그 얇디얇은 꽃잎에 난 손자국 이미지가 떠올랐다. 한번 자국 난 꽃잎. 수아는 까맣게 죽어갈 꽃잎을 떼어버리듯 rose moss를 버리고 원래 자기 이름인 소수아로 바꿨다.

2○○2년 10월 29일 토요일 맑음

이리구가 왔다고 했을 때 머릿속이 아득했다. 아니 그보다 먼저 수아에게 짜증이 났다. 예전에 원룸에 드나들던 때처럼 또 그렇게 빌라를 드나들었던 건가?

'만에 하나 이리구가 수아에 대한 애틋한 마음이 남아 있어서 만나는 거라면…….'

진짜 그런 거라면, 이라는 아주 조금의 기대 같은 것이 살짝 들긴 했다. 하지만 그런 기대는 바로 와장창 깨졌다. 이리구가 복이를 안고 있는 수아를 보고 최악이라고 했다. 최악이라니. 그 소리가 칼날처럼 내 가슴을 찔렀다. 이리구는 그 한 마디를 뱉고는 뒤도 돌아보지 않고 가버렸다. 하얗게 질린 수아의 얼굴을 보니 전에 이리구가 왜 또, 하고 소리 질렀을 때가 생각났다. 그러게 미련을 갖지 말라고 그렇게 말했건만. 한편으로는 그러려니, 하는 생각도 들었다. 이리구가 다시 나타난다면 이런 일이 일어날 거라는 예상을 안 한 것이 아닌지라. 의외로 내 마음이 빠르게 진정되었다. 나는 이 일을 계기로 수아가 결심하기를 바랐다. 이리구를 마음에서 끊어내기로. 그러면 오늘 당한 상처의 값은 치른 셈이라고 생각하기로 했다.

수아는 방으로 들어가고, 복이는 우느라 지쳤는지 잠이 들었다. 복이를 안방에 누이고, 거실로 나온 자스민과 나는 한동안 아무 말도 하지 않았다.

그때까지 텔레비전이 켜져 있었는데, 출연자들이 시끄럽게 떠들고 있었다. 내가 리모컨이 어디 있냐고 물었더니 자스민이 두리번거렸다. 리모컨은 좀 전에 내가 만졌던 것 같은데 하도 정신이 없어서 어디 두었는지 통 기억나지 않았다. 자스민이 리모컨을 찾는 동안 텔레비전 소리가 귀에 들어왔다.

40대쯤 되는 여자 탤런트가 말했다. 가끔 남편이 의심스러울 때가 있는데 그때마다 남편의 스마트폰을 확인하고 싶다고. 그랬더니 남자 출연자들이 이구동성으로 말렸다. 남편의 스마트폰은 판도라 상자로 안 보는 게 낫단다. 봐 봤자 상처만 받는다나. 입담 좋기로 유명한 남자 출연자가 남자에게는 여자들이 모르는 본능 같은 것이 있으니 이해바란다고 했다. 그러면서 과장된 몸짓으로 여자 출연자들을 향해 정중히 고개까지 숙였다. 남자 출연자들이 긍정한다는 듯 크게 웃었다.

나는 텔레비전 속 이야기가 화가 나는데 자스민은 리모컨을 겨눈 채 가만히 있었다. 출연자 중 종교인도 있었는데 그 사람 말을 듣고 싶은 눈치였다. 뜻밖에도 그 사람 말이 제일 웃겼다. 그냥 스쳐 가는 바람이면 한 번쯤 눈감아 줘야 한다고. 그게 현명한 거라고 했다. 출연자들도 웃겼는지 그들도 한바탕 웃었다. 아무래도 종교인이 그런 말을 해서 더 웃긴 것 같았다.

자스민이 텔레비전을 끄면서 볼멘소리를 했다. 요즘 텔레비전에 저런 이야기 많이 나온다고. 자스민은 남자들의 무책임한 행동에 불만을 털어놓는 것이다. 이리구에 대한 불만을 그런 식으로 표현하는 것일지도 모른다. 나 역시 무슨 말이라도 해서 분을 풀고 싶었다. 자스민에게 말했다. 저들의 말은 남자의 바람기를 합리화하는 말이라고. 저런 말이 방송에서 자주 나오는 것 자체가 문제이며, 유명 인사들까지 나와 남자들의 비도덕적인 행동을 봐주자는 식으로 말하면 남자들은 이 여자에게 갔다 저 여자에게 갔다 하면서도 죄의식이 없을 거라고.

이리구는 죄의식이 없었다. 책임감은 말할 것도 없고. 자스민은 수아 방을 바라보며 어쩌면 좋냐며 이맛살을 구겼다. 똑똑하고 착한 수아, 하며 안타까워했다. 말수가 많은 편이 아닌 자스민이 오늘따라 말이 많았다.

대꾸하는 것이 귀찮았다. 왜냐하면 내 머릿속에서는 수아에 대한 여러 가지 생각들이 버무려지고 있었기 때문이다. 첫 번째

든 생각은 왜 또, 라는 말을 들었을 때보다는 덜 충격적일 거라는 것, 어느 정도 학습이 되었으니까. 이런 생각을 제일 먼저 하는 걸 보니 내가 많이 긍정적으로 변한 것도 같았다. 두 번째 든 생각은 아무리 그래도 수아의 상처를 어떻게 다독일까 하는 것. 이대로 열심히 공부만 하면 치유될지, 그건 알 수 없었다. 세 번째 든 생각은 수아는 똑똑하니까 결국 이겨낼 거라는 거다. 지금까지 그랬던 것처럼 혼자서 뚜벅뚜벅 걸어가겠지. 여리지만 강한 아이, 소수아는.

2년 후, 수아는 대학입시 시즌이 끝나갈 무렵에 진이의 문자를 받았다. 잘 있냐는 안부 인사 끝에 웃음소리를 흘리듯 ㅎ을 세 개나 찍은 걸 보니 기분 좋은 일이 있는 거다. 수아는 대학에 합격했군, 하고 알아챘다. 아니나 다를까 한턱 쏜다는 말이 이어졌다. 분위기가 식기 전에 오늘 저녁에 당장 만나잖다. 그동안 연락을 끊고 있었으면서도 마치 그런 적 없다는 듯한 분위기였다. 수아는 역시 진이, 하며 빙긋이 웃었다.

'저녁엔 복이를 어린이집에서 찾아와야 하는데……. 오늘 엄마가 올라오려나?'

수아는 진이와 시간 약속하기에 앞서 이지영에게 전화를 해봐야겠다고 생각했다.

열람실에서 나와 도서관 밖으로 나갔다.

"엄마, 나 오늘 진이 만나려고 하는데……."

이지영은 말 끝나기가 무섭게 대답했다.

"복이 걱정은 말고 놀다 와."

"엄마가 다섯 시 전에 오면 과외 한 다음에 만나고, 엄마가 늦게 오면 지금 얼른 만나고 과외 하러 가려고."

"지금 올라가고 있으니 진이랑은 저녁에 만나. 만나서 실컷 놀다 들어와."

수아의 외출을 이지영이 더 즐거워했다.

"고마워, 엄마."

요즘 이지영은 금요일 오후에 올라왔다가 일요일 오후에 초봉리로 내려간다. 복이가 어린이집에 다니기 시작하면서부터 굳어진 일정이다. 자스민은 복이가 어린이집에 다니기 시작하면서 소망대로 필리핀으로 돌아갔다. 거기서 미용실을 냈다고 했다.

수아는 진이에게 오늘 저녁에 보자는 문자를 보내놓고 열람실로 돌아왔다. 책상에는 오늘 수업할 교재가 펼쳐진 채로 있었다. 마저 공부하고 일정에 맞춰 3시 반에 도서관에서 나와 학생의 집으로 갔다. 두 시간 수업을 하고, 진이가 만나자고 한 장소로 갔다. A고등학교 근처 파스타 식당이다. 아직 예전 동네에서 살고 있는 진이가 자기 집 근처로 부른 거다.

마을버스에서 내려 A고등학교 쪽으로 걷자니 이리구가 떠올랐다. 잊으려야 잊을 수가 없는 얼굴. 흘깃 돌아보던 이리구의 눈빛. 수아는 고개를 내저으며 진이가 짓궂다고 생각했다.

'하필 여기서 만나재?'

대학도 합격했겠다, 새삼 고교시절을 추억하고 싶은 게지. 수아는 피식 웃으며 식당으로 들어섰다. 진이가 양팔을 위로 올려 펄럭거렸다. 그동안 소원했던 어색함은 훌훌 날려버리자는 듯.

"내가 쏠게. 맛있는 거 먹어. 여기 파스타 맛있어."

진이가 메뉴판을 열어 수아 앞으로 내밀었다.

"축하해. 재수 청산, 대학 입학. 제일 비싼 것 골라도 되지?"

"알았어? 만나서 말해주려고 했는데? 누구한테 들었어, 엉?"

진이가 짐짓 화난다는 듯 과장된 투로 말하더니 아무려면 어떠냐는 듯 까르르 웃었다.

"누구한테긴. 네 문자 보고 딱 알겠던데."

"역시 소수아. 야, 본격적인 이야기는 좀 이따 하고 주문부터 하자. 봉골레 좋아하지? 나도 똑같은 것. 됐지?"

진이가 주문대로 가서 주문을 하고 돌아왔다.

"너 이 동네 오랜만이지? 일부러 이리로 오라고 했어. 대학에 합격하고 나니까 왠지 학교가 생각나더라. 재수할 때는 생각하기도 싫었는데 말이야."

"나도 덕분에 추억여행 하는 기분이야."

"나 작년에 얼마나 비루하고 고달프고 외로웠는지 말로 다 못 해. 넌 잘 모를 거다. 너처럼 검정고시도 한번 척 붙고, 그 어려운 교대도 척 붙은 사람은 몰라. 이 심정. 넌 어쩌면 휴학도 한 애가 재수도 없이 벌써 대학 1학년이니? 오히려 내가 재수했다, 얘. 역시 대단해."

수아는 진이의 너스레를 들으며 엷게 웃었다. 그걸 놓치지 않고 진이가 또 한마디 했다.

"여유 있는 자의 웃음."

수아는 민망하다는 듯 창밖으로 눈길을 돌리며 말했다.

"여긴 변하지 않았어. 예전 그대로 같아."

"그대로긴. 이런 식당은 우리가 학교 다닐 때는 없었어. 새로 생긴 거야. 저기 맞은편에 카페도 프랜차이즈로 바뀌었잖아. 그 왜 우리 1학년 때 미팅했던 카페, 기억나지?"

수아는 진이가 이리구 이야기를 꺼내는가 싶어 잠자코 있었다.

"잊었어? 이리구 선배 만났잖아. 거기서."

그때 파스타가 나왔다. 덕분에 이리구 이야기는 여기서 맺었으면 했는데, 진이는 마치 그 이야기가 하고 싶었던 듯 이어서 말했다.

"그 선배……. 소식 아니?"

수아는 무심한 얼굴로 대답했다.

"아니."

이리구는 복이를 본 날 이후 연락이 끊겼다. 그 해 수능시험도 치르지 않은 것 같았다. 그건 수능일 다음 날 강민재가 문자를 보내서 알게 되었다. 이리구로부터 연락 없었냐며, 수능 시험장에 나타나지 않았다는 거다.

"그 선배 수능도 안 보고 잠적했다고 하던데?"

"잠적?"

"정말이지 그 선배 소식 아는 사람이 한 명도 없더라. 추측만 난무해. 대형 사고치고 도망갔다는 둥, 대학 포기하고 군대 갔다는 둥, 유학 갔다는 둥. 실종되었다는 소문도 있었어."

수아는 이상하리만치 감정의 동요가 일지 않았다. 복이를 위해서 이리구의 존재가 필요하다 생각했던 때도 있었는데, 이리구의 멋진 모습만 골라 담은 유리그릇처럼 가슴 속에서 출렁거렸던 때도 있었는데…….

진이가 짐짓 수아 눈치를 살피며 물었다.

"넌 괜찮니?"

"응."

"여전히 말을 아끼는구나?"

"나를 이리구랑 엮지 않았으면 좋겠어. 전에 무슨 일이 있었든 지금은 상관없어. 언제 한번 우리 복이 보여줄게. 아이 이름이 복이야. 소복이."

"야, 네가 그렇게 말해주니까 좋다. 진작 그러지. 정말 아기 보여줄 거야?"

"응."

"네 성을 붙였네. 소복이 예쁠 것 같아. 궁금하다."

진이는 이리구 닮은 복이를 떠올렸는지 웃으며 덧붙여 말했다.

"이리구, 멋지긴 했잖아. 그지?"

'이리구가, 그런 남학생이 멋진 건가.'

수아는 고개를 갸웃거리며 물을 마셨다. 고개를 들었을 때 창 밖에 Coffee 라고 쓰인 간판이 눈에 들어왔다. 따뜻한 아메리카노가 좋다던 이리구가 잠깐 떠올랐다가 사라졌다. 물을 한 컵 더 따랐다.

"갈증 나니?"

진이가 물었다.

"응."

진이는 난방이 너무 세다고 말했고, 수아는 물을 한 모금 마셨다. 수아의 갈증은 임신했을 때 생긴 버릇으로, 언제부터인가 생각하지 말아야 할 걸 생객하면, 또는 듣고 싶지 않은 말을 들으면 일곤 했다. 아마도 지금 이 갈증은 별로 듣고 싶지 않은 말을 들었기 때문일 것이다.